Friedrich Armand Strubberg

In Süd-Carolina und auf dem Schlachtfelde von Langensalza

Erster Band

Friedrich Armand Strubberg

In Süd-Carolina und auf dem Schlachtfelde von Langensalza
Erster Band

ISBN/EAN: 9783741125201

Hergestellt in Europa, USA, Kanada, Australien, Japan

Cover: Foto ©Andreas Hilbeck / pixelio.de

Manufactured and distributed by brebook publishing software
(www.brebook.com)

Friedrich Armand Strubberg

In Süd-Carolina und auf dem Schlachtfelde von Langensalza

In

Süd-Carolina und auf dem Schlachtfelde von Langensalza.

Von

Armand.

Der Verfasser behält sich das Recht der Uebersetzung vor.

Erster Band.

Hannover.

Carl Rümpler.

1869.

Inhalt des ersten Bandes.

Erstes Kapitel.

Der Pavillon. Die Creolin. Die Ueberredung. Die beiden Schwestern.

Nacht lag auf dem sonndurchglühten, heißen Louisiana, die Sterne am purpurdunkeln Himmel blitzten und funkelten wie zitternde Juwelen, und die bleiche Sichel des Mondes warf einen matten Lichtschimmer über die flachen, hochbewaldeten Ufer des gewaltigen Mississippistromes, dessen ungeheure Fluthmasse wogend und rauschend dahinschoß.

Die kühle Seeluft zog erfrischend vom Golf herauf über das niedrige Land, und säuselte in einer Gruppe uralter, prächtiger Orangen- und Citronenbäume, welche über dem östlichen Ufer des Riesenflusses sich erhob, und an deren nördlicher Seite auf hoher Terrasse aus einem luftigen Pavillon ein heller Lichtschein in die Dunkelheit ausströmte.

Eine Ampel mit künstlich geschliffenen Glaskugeln, welche unter der gewölbten Decke dieses Gartensalons hing, warf das blendende Licht zwischen dessen, von blühenden Rankenrosen umschlungenen zierlichen Pfeilern hindurch auf die nahe Umgebung, und beleuchtete die goldigen Früchte der Bäume, sowie die brennend rothen Blüthen der Granatbüsche, welche letztere die Terrasse umgürteten.

In dem Inneren des Lusthäuschens aber umstrahlte das Licht zwei auffallend schöne Gestalten, einen Mann in der vollen Kraft des Lebens und ein Mädchen von gereifter Jugend, deren Beider äußere Erscheinung verrieth, daß sie unter dem südlichen Himmel, der sie überwölbte, geboren waren.

Das stark und scharf geschnittene, von glänzend schwarzen Locken umwogte Antlitz des Mannes war durch die Sonne gebräunt, und seine Adlernase, sowie der lebendig funkelnde Blick seiner tief schwarzen Augen gaben ihm den verwegen entschlossenen Ausdruck, der die Männer des Südens von Amerika, dessen Aristokraten, so sehr bezeichnet.

Er war eine große, athletische Gestalt von schönem Ebenmaaß, und seine leichten, unbekümmerten, und doch vornehmen Bewegungen verriethen den südlichen Gentleman.

Er trug die Capitainsuniform der amerikanischen Marine, hatte sie von der breiten Brust zu beiden Seiten zurückgeschlagen, und saß, in einen zierlichen Armstuhl hingestreckt, den rechten Arm auf die weiße Marmorplatte des Tisches neben sich gelegt, während seine Linke mit der schweren goldnen Uhrkette spielte, die von dem Knopfloch seiner Weste in deren Tasche hinabhing.

Er hatte sich nach seiner Gefährtin hingebeugt, und hielt mit glühendem Blick das wunderbar schöne alabasterbleiche Antlitz derselben umfangen.

Sie war von hohem, edlem Wuchs mit üppigen reizenden Formen, und ruhte, anscheinend nachlässig hin-

1*

gegossen, in einem Schaukelstuhl; in dieser Nachlässigkeit
aber, in der sich ihre schlanke Gestalt in ihrer ganzen
Schönheit dem feurigen Auge ihres Gesellschafters darbot, lag ein zündender Zauber, dessen Wirkung auf
ihren Gefährten sie sehr wohl zu erkennen schien.

Während sie mit dem einen Fuß den Stuhl im
Schaukeln erhielt, spielte der andere, den sie überge-
schlagen hatte, bis über den feinen Knöchel unter dem
silbergrauen luftigen Gewand hervor, und bewegte sich
in dem leichten seidenen Schuh, mit der Spitze winkend
auf und nieder.

Sie war mit ihrer prächtigen Büste etwas zur
Seite zurückgesunken, hielt aber ihren wundervollen
Kopf dem Officier zugeneigt und den Zauberspiegel ihrer
dunkeln Sammetaugen auf ihn gerichtet, als wolle sie
jeden Gedanken seiner Seele damit gefangen nehmen.

O, Männerschwüre! sagte Olympia Ramière (so
hieß diese schöne Creolin) mit ungläubigem Tone, winkte
mit ihrer Lilienhand und schüttelte leise das Haupt,
wie weit würde die Opferbereitheit des jetzt liebeglühenden

Capitains wohl über die Beweise meiner Gunst hin-
ausreichen?

Bis zu meinem letzten Athemzug, göttliche Olympia!
antwortete der Officier (dessen Name Moris Stauton
war) mit aufflammender Leidenschaft, hob seine Rechte
wie zum Schwur empor, und heftete seinen wild-
glänzenden Blick noch fester auf das feenhaft schöne
Bild der Creolin.

Ruhig, ruhig, Capitain, Sie wissen ja noch nicht
was ich von Ihnen verlange, fuhr diese mit allem
Zauber ihrer melodischen Stimme fort, und ließ die
ganze Gewalt ihres verführerischen Blicks auf ihm
ruhen, schwören Sie nicht, ehe Sie meine Forderung
kennen; Ansichten und Verbindlichkeiten möchten stärker
sein, als die Macht, als die Liebe eines Weibes.

Forderung? rief der Capitain noch mehr bewegt,
warum fordern? Ich gebe Ihnen Alles, ich gebe
Ihnen mein Leben für Ihre Liebe!

Das wäre ein böser Lohn für das Höchste, was
ein Weib geben kann — erwiederte Olympia mit

wonnigem Lächeln; denn nähme ich Ihr Leben, so könnte ich Ihnen meine Liebe ja nicht mehr darthun, ich könnte nur trauern über den Tod eines so schönen, so edlen Mannes, der nun meinen Wünschen, meinen Bitten nicht mehr Folge leisten könnte. Nein, Capitain, lebend sollen Sie mir ein Opfer bringen — es giebt noch etwas Werthvolleres als das Leben!

Nichts, als die Ehre, antwortete der Officier rasch), und die, Olympia, werden Sie mich nicht opfern lassen wollen!

Wie könnte ich solches von einem Manne ver-langen, den ich so verehre, den ich so hoch schätze, den ich — versetzte Olympia mit schmeichelnder Stimme, schwieg hier aber plötzlich, und beendete den letzten Satz ihrer Rede mit einem schmachtend liebewarmen Blick. Dann fuhr sie mit noch milderer, sanfterer Stimme fort:

Nein, mein theurer Freund, Ihr Opfer soll Ihnen außer der Liebe Olympia's viel, sehr viel Ehre einbringen.

Dann neigte sie sich näher zu Stauton hin, legte ihre Alabasterhand auf seine Rechte, sah ihm erglühend in die Augen, und fragte mit flüsterndem Tone:

Wird Capitain Stauton die Wünsche, die Bitte einer heiß liebenden Südländerin wirklich erfüllen?

Alles, Alles, himmlisches Wesen, fordere, sage was ich thun soll, rief der Officier durch die Gluth der Leidenschaft hingerissen, und bedeckte die Hand der Creolin wieder und wieder mit seinen Küssen.

Olympia schien bei jeder Berührung durch die Lippen des stürmisch bewegten Mannes zu erbeben, ihre Wangen erglühten, wie gegen ihre eignen Gefühle kämpfend, zog sie leise ihre Hand zurück, ohne dieselbe jedoch seinen Küssen zu entwinden, und plötzlich sie krampfhaft um die seinige pressend, hob sie ihren wirr glänzenden Blick nach oben, und sagte mit halb er- stickter Stimme:

O, Stauton, nicht mehr, nicht mehr, jetzt nicht, erst Ihren Dienst, dann Ihren Lohn!

Nun entzog sie ihm langsam die Hand, sank in

den Stuhl zurück, und die glänzende Fülle ihres
Rabenhaares von ihrer hohen Stirn streichend, wehte
sie sich mit dem goldburchwirkten Fächer Kühlung zu.

Der Augenblick war für Beide überwältigend,
Beiden fehlten die Worte, und Beide blickten, wie von
dem Sturm, der ihr Inneres durchtobte, erdrückt,
schweigend vor sich hin.

Der heiße Purpur war von Olympia's Wangen
verschwunden, und der Fächer in ihrer Hand schwang
sich langsamer hin und her, sie ließ denselben in ihren
Schoß sinken, und brach zuerst das Schweigen, indem
sie sagte:

Der Dienst, den ich von Ihnen fordere, Capitain,
und für den Sie meine Liebe lohnen soll, erscheint
Ihnen vielleicht ein größeres Opfer, als es in der
That ist; bei ruhiger Anschauung aber werden ihre Bedenken schwinden, und meine Wünsche, meine Hoffnungen
auch die Ihrigen werden.

Reden Sie, Olympia, Ihre Zweifel an dem Erfüllen meines Versprechens foltern meine Seele, sagen

Sie mir, was ich thun soll, ich führe es aus, und stünde
mir eine Welt entgegen! fiel der Officier ihr mit Entschlossenheit in das Wort, legte seine zusammengepreßten
Hände auf den Tisch, und beugte sich in fieberhafter
Spannung über sie nach seiner schönen Gefährtin hin.

So hören Sie, hub diese nach kurzer Pause an,
und hielt ihre Augen fest auf ihn geheftet, als wolle
sie die Wirkung ihrer Worte auf seinen Zügen lesen.
Süd-Carolina ist Ihr Vaterland, und in Ihren
Adern fließt das Blut des amerikanischen Adels, des
Südländers.

Frei und zum Herrn geboren, hat der Südländer
das ihm von seinen edlen Vorfahren hinterlassene Erb-
theil, seine Macht, seine Rechte, bis jetzt seinem Ver-
bündeten, dem Nordländer gegenüber zu schirmen und zu
schützen gewußt, er ist die stärkste Stütze der Union gewesen, hat die Schlachten gegen deren Feinde geschlagen
und mit seinem Blute ihre Grenzen erweitert, ihren Reich-
thum, ihre Größe vermehrt. Doch der Ritter des Südens
wird dem Schacherer im Norden zu reich, zu mächtig,

zu unabhängig, er gibt diesen nordischen Krämerseelen noch nicht genug Procente ab von dem Verdienste, welchen er der Erde abgewinnt, und um seine Macht zu brechen, ihn dem Norden unterthänig zu machen, greift man nach seinen, ihm durch die Constitution garantirten Rechten, und will ihm seine Arbeitskräfte, seine Sclaven nehmen.

In wenigen Tagen schon wird die Wahl des neuen Präsidenten entschieden sein, Lincoln, der Candidat der republicanischen Parthei wird gewählt werden, und aus den Herren des Südens soll dieser Präsident Diener des Nordens machen.

Das ist der wohlberechnete Plan jenes Pöbels, dennoch ist die Rechnung falsch, man hat dabei vergessen, daß unsere Männer Ritter sind, die mit ihrem Blut, ihrem letzten Athemzug ihre Rechte, ihre Unabhängigkeit, ihre Ehre vertheidigen werden, und daß die Frauen des Südens ihre Beschützer mit mehr Liebe zu lohnen im Stande sind, als ein Weib des Nordens dazu fähig wäre. Wird Lincoln Präsident, so bricht die Union zusammen, und der Süden bedarf der Dienste seiner Heldensöhne, um seine Selbstständigkeit zu sichern.

Hier schwieg Olympia einige Augenblicke und schaute forschend auf den Officier, der sein schwarzumlocktes Kinn auf seine Rechte gesenkt hatte und sinnend vor sich nieder blickte.

Sie stehen im Dienste der Union, Capitain, fuhr die Creolin fort, indem sie sich mit ihrem reizenden Arm auf den Tisch stützte, und ihre Wange in ihre Hand legend, jetzt dem Blick des Mannes begegnete, Sie commandiren den Kriegsdampfer Pluto, was werden Sie thun, wenn der Süden seine Unabhängigkeit vom Norden erklärt?

Ich werde meinen Dienst quittiren und in den meines Geburtslandes treten, antwortete Stanton rasch und entschlossen, und schlug mit seiner Rechten auf den Tisch.

Das würde nur ein Theil von dem sein, was Sie für Ihr Volk, für Ihre Freunde und für sich selbst thun können, nahm Olympia wieder das Wort.

Hat der Süden nicht denselben Antheil an dem Pluto, hat der Süden nicht ebenso viel dafür gezahlt, wie der Norden, und steht diesem aus irgend einem Grunde das Recht zu, das Fahrzeug in Besitz zu behalten und vielleicht gegen uns zu gebrauchen, um uns unsere Rechte zu nehmen und uns Gesetze vorzuschreiben? Sicher nicht — und da bei einer gewaltsamen Trennung der Union der Norden den bei weitem größern Theil der Marine in seiner Gewalt zurückhalten wird, so ist es Pflicht des Südens, sich von diesem seinem Mit-eigenthum so viel zu sichern, wie er kann.

Die Helden für eine Armee besitzt der Süden in seinen Söhnen, die Schiffe für eine Marine würde ihm schwer werden, zeitig anzuschaffen.

Der Pluto ist einer der besten Kriegsdampfer, einer der edelsten Männer des Südens ist sein Capitain, und wenn dieser bei Trennung der Union das Fahrzeug seinem Volke rettet, so wird er in dessen Dank und an dem Herzen Olympia's den Lohn dafür finden.

Stauton war mit jedem Worte der Creolin ernster und nachdenkender geworden, doch bei dem Schluffe ihrer Rede fuhr er überrascht zusammen und blickte ihr unschlüssig in die Augen.

Ich habe zur Flagge der vereinigten Staaten geschworen, Fräulein Olympia, hub er an, augenscheinlich mit sich selbst im Kampfe, die Creolin aber fiel ihm rasch in das Wort, und sagte:

Und wenn sich die Vereinigten Staaten nun in zwei selbstständige Reiche trennen, welchem von den beiden würden Sie dann Ihren Eid halten wollen, haben nicht beide gleiche Ansprüche darauf, und würden Sie sich nicht gern überreden, im Interesse Ihres Geburtslandes, Ihrer Freunde handeln zu müssen, wenn auch Olympia's Bitten und ihr Dank bei Ihnen kein Gewicht in die Schaale des Südens legen?

Dabei ließ sie ihre, aus reichen Spitzenärmeln hervorsehenden zarten Arme mit gefalteten Händen vor sich auf den Tisch sinken, und neigte sich mit sehnsüchtig bittendem Blick nach Stauton vor.

Ihr nachtschwarzes Haar fiel zu beiden Seiten auf die weiße Marmorplatte nieder, ihre granatrothen frischen Lippen blieben wie in spannender Erwartung geöffnet und ließen die Perlenreihen ihrer Zähne sehen, und ihr schneeiger Busen hob sich gewaltsam wie unter dem Einfluß heftiger innerer Bewegung, zwischen dem luftigen von einem funkelnden Brillant leicht zusammengehaltenen Gewand.

Sie hatte gesiegt, sie hatte dem Capitain eine Brücke zwischen seinem Pflichtgefühl und seiner Leidenschaft gebaut, er ergriff ihre Hand, sah ihr mit strahlendem Blick in die Wunderaugen, und sagte mit vollster Entschlossenheit:

So habe ich die Sache noch niemals angesehen — Sie haben Recht, Olympia, die Flagge, zu der ich geschworen, repräsentirt ebensowohl den Süden, wie den Norden, und wenn die Union sich trennt, so gab dieser die Veranlassung dazu — ich und der Pluto gehören dem Süden, und unsere Dienste sollen mir

den Weg zu Ihrem Herzen bahnen, mir den Himmel
Ihrer Liebe öffnen.

Dabei sprang er aus seinem Sessel auf, zog die
Hand der Creolin an seine Lippen, und stammelte mit
überwogender Leidenschaft:

O, wird es Wahrheit werden, himmlisches
Wesen, werde ich mir solche Seligkeit erringen
können?

Ja, edler Mann, eine Südländerin hält ihr
Wort, antwortete Olympia sich erhebend mit halblauter
Stimme, und schmiegte ihre elastische Palmengestalt in
den Arm des liebeglühenden Officiers, der ihren
schlanken Leib umschlang, und sie an sich pressend, seine
Lippen den ihrigen näherte.

Sie wandte dieselben nicht von ihm ab, sie
empfing den feurigen Kuß des Mannes, beugte sich
dann von ihm zurück, und sagte:

Jetzt haben Sie einen heiligern Eid geleistet, als
den, welchen Sie Ihrer Flagge schwuren, Sie gehören
mir, und durch mich dem Südvolke Amerika's.

Bis zu meinem letzten Herzschlage! stieß der Capitain in seinem Glück erbebend aus, da sprang ein schneeweißes kleines Windspiel in den Pavillon herein und in hohen Sätzen um Olympia her, worauf diese sich rasch mit den Worten nach dem Eingange wandte:

Vater kommt, sein kleiner Liebling hier verläßt nie ohne ihn das Haus.

Wenige Augenblicke später trat der Vater Olympia's, Herr Onfroi Ramière, der sehr reiche Besitzer der Zuckerplantage, welche sich hier am Strome hinauf und hinab ausdehnte, mit seiner zweiten Tochter Adeline Ramière, auf dem saubern Sandwege in den hellen Lichtschein, welcher aus dem Pavillon hervorströmte.

Herr Ramière war ein Mann von etwa fünfzig Jahren mit schon weißem Haar, trockenen, sehr gebräunten, hagern, doch scharf markirten Gesichtszügen, lebendig schwarzen Augen und stets entblößten, blendend weißen Zähnen. Er trug seine mittelgroße Gestalt sehr

gerade, seine Bewegungen waren elegant und seine
ganze Erscheinung bekundete den vornehmen Aristokraten.
Auch konnte er seine französische Abkunft nicht verläugnen,
wenn auch seine Eltern schon in diesem Lande geboren
waren.

Adeline Ramière war ein schönes Mädchen von
achtzehn Jahren, sie zeigte aber in ihrem Aeußeren
mehr als Olympia das französische Blut ihres Vaters,
während diese das Ebenbild ihrer Mutter, einer
Spanierin war.

Adeline hatte auch tief schwarzes, jedoch lockiges
Haar, dabei aber dunkelblaue Augen, die unter den
langen schwarzen Wimpern, wie der Mond zwischen
dunkelm Laubgewinde hervorsahen. Ihr edles, schönes
Antlitz war nicht so groß geschnitten, nicht so über=
raschend wie das ihrer Schwester, und was Olympia
durch die Gewalt ihrer Schönheit nahm, wurde
Adelinen für ihre Lieblichkeit, ihre Anmuth freudig
entgegengetragen.

Sie war auch nicht ganz so groß, wie jene, aber

von viel feineren, zierlicheren Formen, und wenn Olympia einer Tropenwelt in der Mittagssonne glich, so erschien Adeline wie diese Welt im frühen Morgenroth. Ihre Gestalt war schlank und biegsam, und ihre vornehmen Bewegungen niemals auffallend.

Zweites Kapitel.

Befürchtungen. Der Dampfer. Der unerwartete Gast.

Dein Vorläufer, der kleine Bite, hat Dich schon
bei uns angemeldet, Papa, sagte Olympia zu ihrem
Vater, als dieser seiner Tochter Adeline höflich die
Hand reichte und sie die wenigen Stufen nach dem
Eingange des Salons hinaufführte.

Ich hoffe, meine Tochter Olympia wird nach
besten Kräften Ihnen die Zeit verkürzt haben, Kapitain,
und Sie werden mich entschuldigen, daß ich Ihnen,
meinem so lieben Gaste, nicht schon früher Gesellschaft
leistete, ich hatte aber noch wichtige Correspondenzen zu
besorgen, hub Ramière zu dem Officier gewandt mit
höflicher Verbeugung gegen ihn an, und fuhr, nach

2 *

Stautons Sessel zeigend, ohne dessen Antwort abzuwarten fort:

Aber setzen wir uns, der Abend ist erfrischend
und wir Südländer sind ja gegen die Gefahren
gestählt, welche unser himmlisches Klima für den
Fremden hat.

Dabei rückte er für Adeline einen Sessel herbei,
ließ sich, nachdem Alle Platz genommen, gleichfalls in
einen Armstuhl nieder, legte seinen blendend weißen
leinenen Rock von der Brust zurück, um den kühlen
Luftzug mehr zu genießen, und fragte Olympia:

Womit hast Du denn unsern Freund unterhalten?

Wir tauschten unsere politischen Meinungen aus,
und haben dabei gefunden, daß wir in unsern Ansichten übereinstimmen, antwortete die Creolin mit
einem glänzenden Blick auf Stauton und einer leichten
grüßenden Bewegung ihres Fächers nach ihm hin.

Wie dies wohl nicht anders sein konnte, da ich

ein Kind des Südens bin, fiel der Capitain ein, indem sein Auge dem der schönen Rednerin begegnete.

Eine schwere Zeit, fürchte ich, zieht heran, fuhr Ramière fort, denn daß Lincoln Präsident werden wird, scheint gewiß, und geschieht es, so ist die Trennung der Union sicher; denn Lincoln ist das Werkzeug des Nordens, womit derselbe dem Süden seine Macht nehmen und ihn unter seine Herrschaft, unter seine Eigeninteressen beugen will.

Mögen diese Fabrikherren, diese Kaufleute aber wohl bedenken, daß sie sich das eigne Herz ausreißen, daß sie ihren eignen Lebensquell von sich trennen, und daß sie einen Kampf auf Leben und Tod mit dem Adel ihrer Nation beginnen, mit Männern, die ihre Rechte mit ihrem letzten Blutstropfen vertheidigen werden.

Und welche sie auch behaupten und sichern werden, fiel Stauton ein, wir kämpfen für unsere Ehre, für unsern Heerd, für unser Eigenthum, während der Norden seine Handels- und Geldinteressen verfolgt und

die Sclavenfrage nur zum Deckmantel seines Un-
rechts benutzt.

Und die Natur wird uns im Kampfe für unser
Recht zur Seite stehen, nahm Ramière wieder das
Wort, denn das Fieber wird die Verwegenen, wenn
sie in unser Land eindringen, zu Tausenden hinraffen.

Auch ist der Missisippistrom, diese Hauptpulsader
des nördlichen Geschäftslebens in unserer Gewalt,
wir werden sie dem Norden schließen.

Wenn er uns nicht zuvorkommt und die beiden
Festungswerke, Fort Jackson und Fort St. Philipp,
selbst besetzt, bemerkte Stautou, sie sind sehr stark,
ja, ich möchte sagen uneinnehmbar, und wer sie inne
hat, der beherrscht den Fluß. Waren Sie nie dort? sie
liegen ja nicht weit von hier am Strom hinab.

Ich habe sie nur im Vorüberfahren gesehen,
doch hörte ich sagen, daß es bedeutende Werke werden
würden, antwortete Ramière, und fügte noch hinzu:
sie sind wohl noch nicht ganz fertig?

Doch, der ausgezeichnete Ingenieur-Officier,

Capitain Bayard, hat sie gebaut und den Bau bereits
vollendet; sie brauchen nur armirt und bemannt zu
werden, antwortete Stauton. Auf meinem Wege den
Fluß herauf habe ich mich einige Tage bei Bayard aufgehalten, ich bin befreundet mit ihm, und werde ihn zu
mir an Bord des Plutos nehmen, um ihn nach
Charleston zu bringen.

Ich habe seinen Namen oft mit Achtung nennen
hören, er muß ein sehr tüchtiger Mann sein, bemerkte Ramière.

Und ebenso anspruchslos und liebenswürdig ist
er, fuhr Stauton fort. Offen gestanden, ich suchte
ihn zu überreden, mit mir hierher zu fahren, und
sagte ihm eine freundliche Aufnahme unter Ihrem
gastfreien Dache zu; er aber hatte noch so Mancherlei
vor seiner Abreise zu ordnen, daß er meinen Bitten
nicht Folge leistete.

Das ist mir leid, ich hätte gern seine Bekanntschaft gemacht, sagte Ramière, doch Olympia unterbrach ihn, und fragte:

Welcher Politik gehört er an, ist er ein Nordländer?

Von Geburt und von Bekenntniß; er ist ein
treuer Anhänger der Union, erwiederte Stauton.

Sie müssen ihn für den Süden zu bekehren
suchen, fuhr Olympia mit bedeutsamem, glänzendem
Blick fort, einen Mann von solchem Werthe muß
man sich gewinnen.

Er hat mir halb und halb versprochen, mich
hier abzuholen, und es vergeht ja keine Stunde des
Tages, in welcher nicht mehrere Dampfboote bei ihm
vorüberfahren, mit denen er heraufkommen kann;
die Gastfreundschaft, die er hier genießen würde,
möchte mehr zu seiner Bekehrung beitragen, als meine
Worte, entgegnete Stauton mit einer höflichen leichten
Verbeugung.

Dort kommt schon wieder ein Dampfer heran-
geschnaubt, sagte Ramière, und zeigte zwischen den
Pfeilern des Pavillons hin den Fluß hinab, wo aus
der Dunkelheit zwei glühende Augen sichtbar wurden

und von woher das tiefe Stöhnen einer schwer arbeitenden Dampfmaschine herübertönte.

Weiter hin sehe ich noch zwei, drei — vier Dampfschiffe, oder besser deren Feuer, bemerkte Adeline, es sieht gar zu hübsch aus, wenn die feurigen Punkte immer größer werden und wie Augen eines Meerungeheuers glühen.

Ein wundervoller Fluß, dieser Missisippi, desgleichen die Welt außer ihm nicht aufzuweisen hat, bemerkte Ramière, welche unermeßlichen Schätze trägt er auf seinem Rücken von dem Meere her bis in den hohen Norden dieses Continents und von dort herab dem Meere zu, um die halbe Welt damit zu versorgen.

Und es ist unglaublich, welche ungeheure Lasten diese Dampfer gegen die gewaltige Strömung hinauf schleppen, sagte Stauton, sehen Sie nur, dieser erste hat an jeder Seite ein colossales Segelschiff an sich festgebunden, und zieht ein drittes hinter sich her, um dieselben in zwei Tagen von dem Golf nach New-Orleans hinaufzubringen, auf welchem Wege sich die

Segelschiffe ohne solche Hülfe mehrere Wochen ab-
quälen müßten.

Bei dem Feuer und Licht des Dampfschiffes
konnte man, als es der Plantage näher kam, deutlich
die drei großen Schiffe erkennen, welche es mit sich
zog, und Aller Blicke waren auf dieselben gerichtet,
als der Dampfer plötzlich anhielt und bald darauf
ein Boot, in welchem eine Laterne brannte, von ihm
abstieß und dem Ufer zuglitt.

Das Boot fährt nach meinem Landungsplatze,
sagte Ramière, was kann es bringen?

Vielleicht eine Nachricht für mich vom Pluto,
der vor der Mündung des Missisippis kreuzt, bemerkte
Stauton, und setzte mit einem warmen Blick auf
Olympia hinzu: wenn nur keine Ordre, daß ich sogleich mich an Bord begeben muß!

Am Ende ist es Ihr Freund, Kapitain Bayard,
der sein halb ertheiltes Versprechen erfüllen will, versetzte Olympia, und Alle sahen wenige Minuten nach-
her, wie das Boot an dem weiter oben gelegenen

Landungsplatze anlangte, dort zwei Männer mit der Laterne absetzte, und dann wieder in den Strom hinaus nach dem Dampfer zurückfuhr.

Ich glaube wirklich, daß es Bayard ist, sagte Stauton, und wollte den Pavillon verlassen, um sich selbst zu überzeugen, doch Ramière hielt ihn mit den Worten zurück:

Bleiben Sie, ich vermuthe, daß mein Schwager in Charleston, der Bruder meiner Frau, mir irgend eine Botschaft sendet; wir werden es sogleich erfahren.

Während der Dampfer nun wieder gegen den Strom anbrauste, hatte das Licht der Laterne sich von dem Ufer entfernt, und sich auf dem Fahrwege nach dem weiter zurückgelegenen Wohngebäude bewegt, und Alle im Pavillon harrten mit Spannung der Aufklärung über den späten Besuch.

Da wurden vom Hause her Schritte in dem Garten hörbar, sie kamen schnell näher, und von einem sauber gekleideten Mulatten geführt, trat ein junger

Mann in amerikanischer Officiersuniform in den
Lichtschein und nach dem Pavillon heran.

Sieh, Bayard, das haben Sie gut gemacht! rief
Stauton dem Kameraden zu, sprang ihm entgegen,
und führte ihn zu Ramières in den Salon, indem
er sagte:

Erlauben Sie mir, Ihnen meinen Freund, Capitain
Bayard, vorzustellen.

Hugo Bayard war ein schlanker, kräftiger Mann
von vier und zwanzig Jahren mit braunem lockigem
Haar, dunkeln, sinnenden Augen und männlich schönen
Gesichtszügen. Seine hohe freie Stirn, die gewölbten
schwarzen Brauen und sein griechisches Profil gaben
seinem jugendlichen Antlitz einen edlen, wohlthuenden
Ausdruck, und seine Haltung, sein Benehmen zeugten
davon, daß er gewohnt war, in vornehmer Gesellschaft
zu leben. Seine ganze Erscheinung war ernst und
gebietend, und doch war er in Wort und Bewegung
anspruchslos und bescheiden.

Mit feiner Höflichkeit dankte er für den freund-

lichen Empfang, welchen ihm Ramière und deffen
Töchter entgegen brachten, und entschuldigte sich für
die Freiheit, mit der er als Fremder sich bei ihnen
eingestellt habe, Ramière dagegen versicherte ihn, daß
er durch ihren gemeinschaftlichen Freund, Capitain
Stauton, schon angemeldet worden sei, und daß sie
sämmtlich sehnlichst auf seinen Besuch gehofft hätten.

Während des Austausches gegenseitiger Höflich-
keitsbezeugungen wanderte Bayard's Blick über seine
neuen Bekannten, und heftete sich bald auf den seinen
alten Herrn, bald auf deffen schöne Töchter.

Mit unverkennbarer Ueberraschung sah er die im
hellen Lichtglanze strahlende Olympia ihre elastische,
üppige Gestalt unter dem Einfluß ihrer lebendigen
Rede vor ihm wiegen und ihre graziösen Bewegungen
mit den Schwingungen des Fächers in ihrer reizenden Hand begleiten, während der erhöhte Glanz ihrer
Augen das Interesse verrieth, welches sie an seinem
Hierfein nahm. Ein so schönes Weib hatte er nie
vorher gesehen, und dennoch machte sie keinen ange-

nehmen Eindruck auf ihn, sie ließ ihn kalt, wenn er auch ihre Schönheit bewundern mußte.

Anders war es mit Adelinens Erscheinung, sein erster Blick auf sie blieb in wohlthuendem Staunen auf ihr haften, und obgleich er ihr jetzt zum ersten Male in seinem Leben begegnete, so war es ihm doch, als wäre sie ihm schon lange bekannt, befreundet gewesen, als habe sie schon seit Jahren seine Gedanken beschäftigt, seinen Geist mit Verlangen nach ihrer Gegenwart erfüllt. Ihr Wesen erschien ihm so unbeschreiblich seelenvoll, so anmuthig und bescheiden, wie er es in der Wirklichkeit noch in keinem Mädchen angetroffen, und wie es ihm nur seine Phantasie oftmals vorgespiegelt hatte.

Auch sie hieß ihn freundlich willkommen, aber als ob sie sein Staunen bemerkte, oder selbst von einem ähnlichen Gefühl ergriffen würde, schlug sie, auch während sie mit ihm sprach, wiederholt ihre milden, wunderbar schönen Augen nieder. Ramière bat, Platz zu nehmen, Bayard ließ sich neben Adeline und

ihr zugewandt in einen Armstuhl sinken, und Olympia
setzte sich mit Stauton ihnen gegenüber.

Zu unserm Leidwesen erfuhren wir durch Ihren
Freund hier, daß Sie unsere Gegend schon bald verlassen werden, hub Ramière sich zu Bayard wendend an,
und wir haben es sehr zu bedauern, daß uns die Ehre
Ihrer Bekanntschaft nicht früher zu Theil ward, da uns
so die Freude ihres öftern Besuches entgangen ist; denn
die Entfernung von hier bis zu den Festungsbauten, welche
Sie leiteten, ist ja so leicht und so schnell zurückgelegt.

Ich bin es, der großen Verlust dabei zu
bedauern hat, antwortete Bayard mit einer Verneigung, und begegnete Adelinens Blick.

Sie werden von hier nach Charleston gehen,
Capitain? fragte Olympia, indem sie die Bewegung
ihres Schaukelstuhls unterbrach.

Dorthin lautet der Befehl, der mir von Washington zugegangen ist; die Forte in dem Hafen von
Charleston bedürfen einiger baulichen Aenderungen,
entgegnete Bayard.

Und zu unserer Freude sagte uns Capitain Stauton, Sie würden die Reise dorhin mit ihm an Bord des Pluto machen, so daß wir noch einige Wochen auf das Glück Ihrer Gesellschaft zählen können, denn früher lassen wir unsern Freund nicht von uns gehen, fuhr Olympia fort, indem sie sich nach Bayard hinneigte, und ihm hinter dem schwirrenden Fächer einen funkelnden Blick zuwarf.

Leider nicht einige Wochen, sondern nur einige Tage wird uns Beiden das Glück gestattet sein, in Ihrer Nähe zu weilen, erwiederte Bayard mit einem fragenden Blick auf Stauton, welcher lächelnd und mit einer Handbewegung nach Olympia entgegnete:

Wenn nicht die Ordre dieser Regierung gewichtiger ist, als die von Washington.

Hier sind es auch zwei Herrscherinnen, die Ihnen den Befehl ertheilen, hier zu bleiben, nahm Olympia mit bezauberndem Lächeln wieder das Wort, fragen Sie Ihre Nachbarin, ob sie Ihnen schon so bald Ihre Entlassung bewilligen würde.

Adeline blieb einige Augenblicke die Antwort
schuldig, und es flog wie ein Hauch von Carmin
über ihre Wangen, dann aber sagte sie mit lieblicher
Unbefangenheit:

Zum Befehlen bin ich nicht geboren, wenn aber
meine Bitten Sie hier zu halten vermögen, so werden
Sie uns sicher nicht so bald verlassen.

Ueber einen solchen Befehl allerdings könnte man
seiner Pflicht untreu werden, antwortete Bayard mit einer
Verbeugung, und fügte mit ernsterem Tone dann hinzu:

Meine Zeit ist mir aber wirklich kurz zugemessen,
und es ist mir alle Eile anbefohlen, mich nach Charleston zu begeben, sobald meine Arbeit hier am
Mississippi vollendet wäre.

In Washington kann es Ihnen ja aber Niemand
nachrechnen, ob Ihre Arbeit beendet ist, oder nicht,
diesen Zeitpunkt haben Sie selbst zu bestimmen, Freund,
sagte Stauton lachend.

Und eben, weil dies mir überlassen ist, bin ich
an um so mehr Gewissenhaftigkeit gebunden, entgegnete

Bayard, auf einige Tage früher, oder später kommt es
dabei allerdings nicht an. Es ist mir aber hinreichend
bekannt, daß die Regierung keine Zeit verlieren will,
um die Befestigungen des Hafens von Charleston zu
verstärken — im Falle eines Kriegs mit England
würde dies ein sehr wichtiger Punkt für uns sein.

Und auch für den Fall eines Kriegs zwischen
dem Süden und dem Norden dieses Landes, der gar
leicht durch die Wahl eines Herrn Lincolns zum
Präsidenten herbeigeführt werden könnte, fiel Olympia
scharf ein.

Ein solches Unglück mag der Himmel verhüten,
sagte Bayard ernst, übrigens ist Fort Moultrie sowohl wie Fort Sumter so gebaut, daß sie der Stadt
Charleston keinen Schaden zufügen können, sie sind
nnr zum Schutz des Hafens gegen Feinde von Außen
errichtet, denn die Stadt liegt außer dem Bereiche
ihrer Geschütze.

In diesem Augenblick trat ein in Schwarz
gekleideter junger Mulatte in den Eingang des

Pavillons, und zeigte an, daß das Abendessen
bereit sei.

Ramière erhob sich und verneigte sich mit den
Worten gegen seine Gäste:

Wenn es gefällig ist, meine Freunde, worauf
Stauton mit Olympia zuerst den Salon verließ,
und Ramière und Bayard, mit Adelinen zwischen sich,
ihnen nachfolgten.

Drittes Kapitel.

Der Mulatte. Das Abendessen. Politik. Unter der Veranda.

Der Sandweg führte unter den Orangen= und Zitronenbäumen hin, und schlängelte sich von da zwischen immergrünen Gebüschgruppen und Blumenbeeten nach dem Wohngebäude, welches einige hundert Schritte weiter zurück auf einer kleinen Erhöhung stand.

Hörten Sie nicht wie Bayard sagte, daß der Befehl Adelinens ihn wohl seiner Pflicht untreu machen könne? Ich glaube, es war mehr, als bloße Artigkeit, es lag ein Klang von Wahrheit in seinem Tone, sagte Olympia zu Stauton, als sie in dem Orangenhaine neben einander dahin schritten.

Sie haben Recht, reizende Olymphia, antwortete dieser, Bayard ist sehr ernst und kein Mann von süßen Redensarten, ich fürchte aber, daß er doch an dem, was er für seine Pflicht hält, fester hängt, als daß die Zuneigung ihrer Schwester ihn davon abbringen könnte. Auch vermag sie nicht, eine so Alles mit sich fortreißende Leidenschaft in eines Mannes Brust zu entzünden, wie meine Olympia!

Und doch glaube ich, daß sie größere Gewalt über Bayard ausüben kann, als ich es im Stande sein würde; ihre sinnigen, ernsten Naturen passen mehr für einander, und wer weiß, ob Adeline nicht viel dauerndere, tiefere Gefühle erwecken kann, als ich. Je heißer die Gluth in einem Manne, um so schneller ist sie verflogen!

Nicht in dem Vulkan, der Olympia sein Feuer verdankt, er brennt, bis er selbst von ihm verzehrt ist, antwortete Stauton leidenschaftlich, worauf Olympia ihm bei dem Scheine einer Laterne, die seitwärts von ihnen aus dem dunkeln Laube hoher Myrthengesträuche hervorſah, einen glühenden Blick zuwarf, indem ſie zugleich den Fächer an ihre Lippen drückte, und damit nach ihm hinwinkend flüſternd ſagte:

Und Olympia's Liebe wird das Feuer niemals erlöſchen laſſen. Dann aber fuhr ſie ernſten Tones fort:

Jedenfalls müſſen wir Bayard hier zu halten ſuchen, bis die Präſidentenwahl entſchieden iſt, um ihn für den Fall einer Lostrennung des Südens von der Union daran zu verhindern, die Befeſtigungen in dem Hafen von Charleſton noch zu verſtärken; denn dies iſt wahrſcheinlich die Abſicht des vorſichtigen, hinterliſtigen Nordens.

Dabei naheten ſie ſich jetzt dem ſehr langen, einſtöckigen Wohngebäude, um welches eine breite, auf leichten Pfeilern ruhende Veranda führte, deren Dach die unteren Fenſter des Hauſes gegen die glühenden Strahlen der Mittagsſonne ſchützte.

Zwiſchen den Rankenroſen und blühenden Lianen hervor, welche ſich um die Pfeiler emporſchlängelten und ſich in leichten Gewinden von einem zum andern

schwangen, verbreitete sich das Licht von Ampeln, die
unter der Veranda hingen, sowie das der hellen Fenster
über dem Sandplatz vor dem Hause, und zeigte die
Gestalt eines jungen Mulatten, welcher neben dem
Eingange stand und auf die Kommenden zu warten
schien.

Er war in einen saubern, blau und weiß gestreiften
Baumwollenanzug gekleidet, hielt ein Paket unter
seinem Arm und seinen breitrandigen Strohhut in
seiner Rechten.

Als Olympia mit ihrem Begleiter an ihm vor-
überschritt, wandte sie sich zu ihm, und sagte:

Bist Du schon von New Orleans zurück und
hast Du alle Aufträge Deiner Herrin ausgerichtet?

Ja wohl, Fräulein Olympia, soeben bin ich
angelangt, — ich habe Alles bestens besorgt, antwortete der Sclave, und verneigte sich höflich, blieb
aber auf demselben Fleck stehen und wandte seinen
Blick nach Adelinen, welche sich jetzt mit ihrem Vater
und mit Bayard nahete.

Sieh, Guido, bist Du schon wieder hier? sagte dieselbe zu dem Mulatten, ich hatte Dich vor Morgen nicht erwartet. Du hast Dich recht geeilt, hast Du denn Alles recht hübsch besorgt — auch die neuen Journale mitgebracht?

Ja, Herrin, es fehlt Nichts, und da ich so zeitig ihre Befehle ausgerichtet hatte und gerade ein Dampfboot abging, so eilte ich an Bord, um Ihnen die Sachen noch Heute übergeben zu können.

Ich danke Dir, Guido, Du hast mir einen Gefallen damit erzeigt. Lege das Paket in mein Zimmer, entgegnete Adeline mit freundlichem Tone, und wollte die Stufen nach der Veranda hinaufgehen, als der Sclave ihr die Hand hinhielt, und sagte:

Hier ist das übrige Geld, Herrin, beinahe noch ein Dollar, worauf Adeline ihm mit den Worten zuwinkte: „Behalte es für Dich" und dann mit ihren Begleitern die Veranda erstieg.

Das scheint ein sehr guter Bursch zu sein, bemerkte Bayard.

Ein vortrefflicher Diener, entgegnete Ramière, er gehört Abelinen, und wenn er nicht vorzüglich gut von Character wäre, so würde es mir nicht lieb sein, daß sie ihn so unterrichtet hat; er liest und schreibt besser, als mancher Weiße. Solche gebildete Mulatten sind unter einer großen Anzahl von Sclaven gefährlich.

Es kommt immer auf die Behandlung an, fiel Abeline ein, Guido würde für mich und für uns Alle jeden Augenblick bereit sein, sein Leben zu opfern. Und doch habe ich es ihm oft gesagt, daß ich ihm jeder Zeit, wenn er es verlangte, oder wenn er nicht zufrieden wäre, seinen Freibrief ausstellen würde: er verläßt mich aber sicher nie in seinem Leben.

Das wundert mich nicht, Fräulein Abeline! sagte Bayard halblaut zu ihr, und ließ sie vor sich in den hell erleuchteten Speisesaal eintreten.

Ramière ergriff nun die Hand Bayards, und führte ihn zu seiner Gemahlin, welche ihnen entgegen kam und den neuen Gast aufs Freundlichste will- kommen hieß.

Madame Ramière war eine stattliche, immer noch schöne Frau mit tief schwarzem Haar und großen schwarzen Augen. Ihre Haut freilich trug die Spuren der Zeit, doch die Form ihres Gesichts war edel, und ihre Gestalt, ihre Haltung vornehm und gebietend.

Nachdem sie Bayard nach spanischer Sitte gebeten hatte, ihr Haus als sein Eigenthum zu betrachten, ließ sie sich von ihm zur Tafel geleiten und wies ihm seinen Platz neben sich an, er aber wandte sich seitwärts nach Adeline um und begegnete deren Blick. Sie sah vor sich nieder, nahm aber sogleich die Hand ihres Vaters und ließ sich von ihm an die Seite Bayards führen, während Olympia mit Stauton sich ihnen gegenüber niedersetzte.

Es war ein ächt südliches Bild, welches in diesem Saale sich dem Auge darbot. Die Wände, sowie die Decke desselben bestanden aus fein polirtem, schneeweißem Gyps, sie waren mit einfachem Goldstreif eingefaßt, und spiegelten die brillantfarbenen Blitze des kristallenen Kronleuchters, dessen buntgeschliffene

Glaskugeln ein blendendes Licht durch den Saal verbreitete.

Auf vergoldeten Pfeilertischen zu beiden Seiten der offenen Glasthür, welche unter die Veranda führte, standen vor den hohen Spiegeln in kostbaren Vasen Riesenbouquete von frischen, prächtigen Blumen, an der oberen Wand hielt eine eben solche Console eine wundervolle Bronzeuhr, und gegenüber befand sich der große, mit Krystallflaschen und Gläsern besetzte Credenztisch.

Die Tafel war reich mit Silbergeschirr bestellt, mit herrlichen Blumensträußen geschmückt und von vielen Wachskerzen auf schweren silbernen Armleuchtern beschienen.

Kaum hatte man sich niedergesetzt, als vier sauber, in buntfarbige Gewänder gekleidete junge Negermädchen auf die vier Seiten des Tisches hinter die Speisenden traten, um ihnen mit Wedeln von Pfaufedern Kühlung zuzufächeln, während drei farbige Diener, von denen einer Guido, der Mulatte Adelinens war, die Aufwartung besorgten.

Die Gerichte bestanden in kaltem Fleisch, Gallerten, Eiscrême und Südfrüchten, und die Getränke in französischem Rothwein, Champagner und Eiswasser.

Erlauben Sie mir, Capitain, daß ich in meinem und der Meinigen Namen Sie an meinem Tische herzlich willkommen heiße, und auf dauernde Freundschaft ein Glas mit Ihnen leere, hub Ramière zu Bayard gewandt an, hob, sich verneigend, das überschäumende Glas ihm entgegen und leerte es dann, während alle Uebrigen seinem Beispiele folgten.

Bayard dankte mit höflichen Worten für die Ehre, die man ihm erwies, und versicherte, daß sein Aufenthalt hier für immer ein beglückender Moment in seiner Erinnerung bleiben würde.

Dann dürfen wir uns auch der Hoffnung hingeben daß Sie uns die Freude Ihres Hierseins nicht zu kurz bemessen werden, hub Olympia mit süßer Stimme an, ich stelle Sie direkt unter die Herrschaft meiner Schwester, sie wird Ihnen die nöthigen Befehle ertheilen.

Und ich werde als ergebener Diener gern ge-
horchen, antwortete Bayard in gleichfalls scherzendem
Tone mit einer leichten Verneigung gegen seine schöne
Nachbarin, welche das über ihre Wangen fliegende
Roth durch eine unbefangene Antwort Lügen strafen
wollte, und lächelnd zu ihm sagte:

Nun wohl, Herr, ich halte Sie beim Wort.

So unbefangen sie aber auch zu erscheinen sich
bemühte, so wich sie doch vor dem aufglänzenden
Blick Bayards zurück, schlug die Augen nieder und
verstummte, denn jetzt fühlte sie, wie ihr das Blut
erst recht in die Wangen schoß.

Bayard sah es wohl, und wonnig durchströmte
der Anblick des erröthenden Mädchens seine Seele,
auch ihm blieben die Worte auf den Lippen zurück,
und es würde eine Pause eingetreten sein, wenn nicht
Olympia schnell das Wort ergriffen hätte, indem sie
laut und scherzend zu Stauton sagte:

Wie steht es aber mit Ihrer Subordination,
Herr Capitain, ich werde Ihnen wohl Ihre dienst-

lichen Pflichten in das Gedächtniß zurückrufen müssen? Schon seit einigen Tagen habe ich vergebens darauf gewartet, daß Sie mich in meinem Cabriolet spazieren fahren, oder mir einen Ritt durch den Wald vorschlagen würden, so aber haben Sie es sich hier bequem gemacht, und sich nur von mir unterhalten lassen.

Dann wandte sie sich wieder an Bayard, der eben mit halblauter Stimme zu Adelinen redete, und sagte:

Ich hoffe, Herr Capitain, daß Sie Ihre Dienstobliegenheiten gewissenhafter wahrnehmen werden, als Ihr Herr Camerad hier, und ich will Sie nur davon in Kenntniß setzen, daß meine liebe Schwester ein viel schöneres Cabriolet und viel schönere Pferde besitzt, als ich, wie sie denn überhaupt das bevorzugtere Kind ihrer Eltern ist.

Während unsere Olympia gerade diejenige zu sein pflegt, die sie am meisten bevorzugt und verzieht, fiel Madame Ramière lächelnd ein, und so drehte sich die heitere Rede während des Tafelns nur um die anwesenden Persönlichkeiten, von Politik jedoch, dem Brennpunkt aller amerikanischen Unterhaltung, wurde kein Wort laut.

Man blieb aber auch nicht länger am Tische sitzen, als das Speisen dauerte, und Olympia war es, die zuerst den Aufbruch vorschlug, indem sie sagte:

Ich glaube, daß wir uns draußen unter der Veranda viel wohler fühlen werden, als hier in der heißen Zimmerluft, worauf sich Alle erhoben, und hinaus nach der Veranda gingen.

Dort in der vorderen Ecke derselben, wo die Pfeiler dicht mit immer blühenden Rankenrosen umschlungen waren, ließen sie sich sämmtlich im Kreise in Schaukelstühlen nieder, die Damen mit ihren Fächern, die Herren mit Cigarren versehen, und nachdem Guido seiner jungen Herrin deren Fußbank aus dem Speisesaal gebracht und gefragt hatte, ob noch Etwas befohlen werde, wurde er verabschiedet, und mit ihm war auch der letzte Sclave aus der Nähe entfernt worden.

Es schien, als habe man nur auf diesen Augenblick gewartet, um dem lange verhaltenen Verlangen nach politischer Unterhaltung zu genügen, denn kaum war der Mulatte verschwunden, als Olympia das Wort nahm und, sich zu Bayard wendend, sagte:

Was erwarten Sie denn von der Wahl, Capitain, glauben Sie, daß Lincoln Präsident werden wird?

Das ist noch sehr zweifelhaft, antwortete Bayard, hoffentlich aber wird er es nicht.

Wie, Capitain — Sie — ein Mann des Nordens — Sie hoffen, daß Lincoln nicht gewählt werden möchte? fuhr Olympia verwundert fort.

Ich bin weniger Mann des Nordens, als Mann der Union, und weil die Wahl dieses Präsidenten derselben leicht gefährlich werden könnte, so bin ich gegen sie, erwiederte der Capitain.

Wenn das ist, so sind Sie auch gegen die Politik des Nordens, die dahin geht, durch Eingriffe in die Rechte des Südens diesen zu zwingen, sich von der Union loszusagen, versetzte Olympia eifrig.

Der Norden ist nur ein Theil der Union, und
der Süden als der andere Theil stimmt ja bei den
Regierungsbeschlüssen mit, und was durch Beide
gemeinschaftlich bestimmt wird, ist Gesetz, wogegen
weder der Eine, noch der Andere sich anzulehnen hat,
sagte Bayard ruhig.

Das heißt, der Präsident hält dennoch das Gesetz
in seiner Hand, und Lincoln würde seine Macht
gegen das Interesse des Südens mißbrauchen, würde
es hintertreiben, in den neu entstehenden Staaten
Sclaverei einzuführen, und würde somit durch Eingriff
in die Rechte des Südens diesen zwingen, sich von
der Union unabhängig zu erklären, entgegnete Olympia
mehr bewegt.

Ich glaube, unsere Ansichten, Fräulein Olympia,
stimmen nicht ganz überein, und da ich ungern den
Ihrigen widersprechen möchte, so schlage ich vor, daß
wir nicht über Politik reden, sagte Bayard mit
höflich bittendem Tone.

Nein nein, Capitain, gerade einen so achtbaren

Anhänger der Union, wie Sie es sind, möchte ich
gern davon überzeugen, daß der Süden in der
Sclavereifrage in seinem vollsten Rechte handelt, antwortete Olympia leidenschaftlich.

So erlauben Sie mir, verehrtes Fräulein, meine
Ansicht dahin auszusprechen, daß der Süden nicht berechtigt ist, auf Einführung von Sclaverei in den
neuen Staaten zu bestehen, noch weniger aber, sich
eigenmächtig von der Union zu trennen, versetzte
Bayard mit größter Gelassenheit.

Es ist wohl nicht in der Ordnung, daß ich als
Wirth meinem lieben Gaste Einwürfe gegen die Richtig-
keit seiner Ansichten mache, nahm Herr Ramière jetzt
mit feiner Höflichkeit das Wort, und ich bevorworte,
Herr Capitain, daß ich nur der Unterhaltung wegen
meine Meinung gegen die Ihrige austauschen will."

Dabei verneigte er sich leicht gegen Bayard, legte
sich in seinen Stuhl zurück, schlug ein Bein über,
und fuhr dann ruhigen, klaren Tones fort:

Als nach der Unabhängigkeitserklärung Nord-

amerika's eine Versammlung von Vertretern für sämmtliche Staaten zusammenberufen war, um die Constitution für das beabsichtigte vereinigte Reich zu entwerfen,
erklärten die Bevollmächtigten von Südcarolina und
Georgien, daß diese beiden Staaten nicht der Union
beitreten würden, wenn ihnen nicht das Recht, Sclaven
einzuführen und zu halten, durch die Constitution zu-
gesichert werde.

Der Deputirte Rutledge sagte damals: Das
Interesse allein ist das leitende Princip unter Nationen;
es handelt sich nur darum, ob die Südstaaten der
Union beitreten sollen, oder nicht; ohne Sclaverei-
berechtigung treten sie nicht bei.

Um Süd-Carolina und Georgien nun der Union
zu gewinnen, wurde in der Constitution festgestellt,
daß es jedem Staate frei stehe, Sclaven einzuführen
und zu halten, und daß, wenn solche Sclaven ihren
Herren entliefen und in einen andern Staat gingen,
dieser verpflichtet sein solle, die Entlaufenen ihren
Eigenthümern zurück zu erstatten.

4*

Zugleich wurde in der Constitution bestimmt, daß Behufs der Besteuerung von fünf Negern drei zur Seelenzahl der Bürger des Staates gezählt werden sollten.

Jetzt fiel Bayard Herrn Ramière in die Rede, und sagte:

Erlauben Sie mir, daß ich hier eine Bemerkung einschalte. Nicht allein die Besteuerung eines Staates wird nach der Seelenzahl berechnet, sondern auch die Zahl der Vertreter desselben im Congreß, sowie in dem Ausschuß zur Wahl eines Präsidenten und Vicepräsidenten. Da nun von fünf Negern drei zur Seelenzahl der Bürger eines Staates gerechnet werden, so erhalten die Sclavenstaaten mit verhältnißmäßig sehr geringer weißer Bevölkerung bedeutendes Uebergewicht über die Nichtsclavenstaaten in der gesammten Regierung der Union; denn wenn in diesen Dreißigtausend Bürger berechtigt sind, einen Vertreter in den Congreß zu senden, so sind in Sclavenstaaten schon zwölftausend Bürger dazu berechtigt, wenn sie dreißigtausend Sclaven besitzen; da drei Fünftel von dieser

Zahl, also achtzehntausend mit zwölftausend Bürgern die zur Berechtigung eines Deputirten erforderlichen dreißigtausend Seelen ausmachen. Außerdem ist es eine Ungerechtigkeit, daß zwei Fünftel der Sclavenzahl, also der schaffenden, erwerbenden Bewohner ohne Besteuerung bleiben. Dies ist eine Zerstörung des politischen Gleichgewichtes zwischen den Bürgern der Union, des Grundsteins einer republikanischen Verfassung.

Verzeihen Sie mir die Bemerkung, Herr Capitain, fiel ihm Ramière in das Wort, eben so gut, wie in einem Lande nicht alle Menschen gleich reich sind, brauchen sie auch nicht gleich berechtigt zu sein. Fest steht es, unumstößlich fest, daß wir Südländer, wir Sclavenhalter diese Berechtigungen besitzen, daß wir nur unter diesen Bedingungen in die Union eingetreten sind, und daß Niemand, auch nicht die Regierung, uns diese Rechte entziehen kann.

Es ist nicht unsere Schuld, daß die andern Staaten diese, ihnen gleichfalls zustehenden Rechte freiwillig aufgegeben haben.

Ich möchte es ungerechte Rechte nennen, welche
Sie besitzen, Herr Ramière, sagte Bayard, dem mag
nun sein, wie ihm wolle, unbestreitbare Thatsache ist
aber auch, daß, als Missouri als Staat in die Union
aufgenommen ward, durch die Südstaaten und die Nordstaaten zugleich einstimmig beschlossen ist, daß von jener
Zeit an niemals wieder in einem Territorium der Vereinigten Staaten nördlich von der südlichen Grenze Missouri's 36º 30' Sclaverei eingeführt werden solle, und jetzt
wollen die Südstaaten Kansas und ganz Neu Mexico
zu Sclavenstaaten machen. Dazu haben sie doch kein
Recht, da sie selbst es damals anders bestimmt
haben.

Und waren es nicht größtentheils Männer des
Südens, welche Neu-Mexico für die Union erobert
haben? fiel Ramière ein, habe ich nicht als Bürger
eines Sclavenstaates dasselbe Recht auf die gesammten
Territorien der Union, wie die Bürger der Nichtsclavenstaaten — steht es mir nicht gleich ihnen frei,
dorthin überzusiedeln, und darf ich nicht mein recht-

mäßiges Eigenthum mit mir dorthin nehmen, oder find meine Sclaven nicht mein Eigenthum?

Sie haben sich ja aber selbst in dem Missouri-Vertrage des Rechtes begeben, nördlich von der Südgrenze dieses Staates Sclaven halten zu dürfen, es ist dies ja ein durch Sie selbst der Union ertheiltes Gesetz, verehrter Herr Ramière, antwortete Bayard ruhig, und fügte eben so gelassen noch hinzu: Uebrigens glaube ich, der Süden dürfte wohl schon zufrieden mit dem Uebergewicht über den Norden sein, welches ihm seine Neger bereits in einer größeren Stimmenzahl im Congreß gaben, so daß er nicht die Zahl der Sclavenstaaten noch zu vermehren brauche, um diese Macht noch zu vergrößern und dadurch die Regierung der Gesammtunion in seine Hände zu bekommen.

Das ist es, wonach der Norden strebt, er ist es, der uns Gesetze vorschreiben will, nahm Ramière heftig das Wort, der Norden ist Fabrikstaat, kann aber wegen hohem Arbeitslohn nicht mit den europäischen Fabriken concurriren, und will deren Fabrikate

so hoch besteuern, daß wir dieselben nicht beziehen
können und dadurch gezwungen werden, seine schlechtern
Fabrikate zu enormen Preisen von ihm zu kaufen,
während wir keine Fabriken haben, nur der Erde
Producte abgewinnen, und Fabrikate für unseren Bedarf von da beziehen wollen, wo wir dieselben am
besten und am billigsten kaufen können.

Das ist aber gegen die Berechnung der Fabrikherren im Norden, und deshalb schreien sie über das
Unrecht der Sclaverei, und wollen neue Nichtsclavenstaaten bilden, um uns unsere Stimmenmehrheit im
Congreß zu nehmen, nicht aber, weil sie Sclaverei für
unrecht, für unmenschlich halten. Denn, ist der Neger
nicht noch verachteter, noch mißhandelter im Norden,
als bei uns, darf ein Farbiger sich in einer Kirche,
in einem Gasthaus, in der Eisenbahn unter den Weißen
sehen lassen?

O, diese Philanthropen, diese Rechenmeister für
ihre eignen Taschen — diesmal werden sie sich aber
verrechnen, denn dadurch, daß sie uns die Bedingungen

nicht halten wollen, unter denen wir in die Union eintraten, geben sie uns unsere Souveränität zurück, und wir werden es bald sehen, ob ihre Geldkisten sich ohne uns, ohne unsere Neger noch so leicht füllen?

Gewiß nicht, Herr Ramière, doch glaube ich, daß der Nachtheil auf beiden Seiten sich sehr fühlbar machen würde, und darum bin ich für Zusammenhalten der Union unter allen Bedingungen.

In Eintracht, als ein übereinstimmendes Ganzes, ist das Kind zu einem Riesenjüngling herangewachsen, rauben Sie ihm einzelne Glieder, so wird er ein Krüppel, versetzte Bayard mit ruhigem Ernste, fuhr aber schnell lächelnd und mit heiterem Tone fort:

Nun aber, bitte, lassen Sie uns nicht mehr über Politik reden, für die Damen kann es nur eine unerquickliche Unterhaltung sein, und mein Freund Stauton sowohl, wie ich, haben kein unpartheiisches Urtheil, da wir zur Fahne der Union geschworen haben.

Ja, und Ihr Freund ist ein unerschütterlicher Unionsmann, fiel Olympia schnell ein, um Stautons

Antwort vorzubeugen, da sie fürchtete, er möchte sich energisch aussprechen, und dadurch möglicherweise in Washington ein Mißtrauen gegen seine Treue erweckt werden. Dann fuhr sie zu diesem gewandt fort:

Morgen früh nach dem Frühstück aber werde ich Sie aus Ihrer Bequemlichkeit aufschrecken, und mir Ihre Begleitung zu einem Ritt durch den Wald aus-bitten, wobei wir Capitain Bayard die Schönheiten unserer Umgebung zeigen wollen; denn solche Wälder hat der Norden doch nicht aufzuweisen.

Auch nicht solche Sümpfe und solche Alligatoren, entgegnete Bayard lachend, dort unten wenigstens, in der Nähe der Festungswerke, die ich baute, kann man nicht weit in den Wald gehen, er steht größtentheils im Sumpf.

Hier ist die Erde schon viel höher, und wenn ·auch der Wald von Wasserstrichen durchzogen ist, so haben die Plantagenbesitzer in dieser Gegend doch ganz gute Fahrwege durch · denselben angelegt, theils, um Holz herauszuschaffen, theils aber auch, um von einem Nachbarn zum andern gelangen zu können, ohne sich der Sonnengluth dabei aussetzen zu müssen, versetzte Olympia, und fügte lachend noch hinzu: Und was die Alligatoren betrifft, so sind sie treue Verbündete von uns Südländern, welche die Herren Yankees verspeisen werden, wenn sie es sich jemals einfallen lassen, uns einen feindlichen Besuch zu machen.

Der Wald soll Ihnen wohl gefallen, und das Pferd, womit Sie meine Schwester versehen wird, muß Sie entzücken, es ist ein reizendes Thier.

Ich freue mich unendlich darauf, denn ich habe wirklich wie ein Gefangener in Fort Jackson gelebt und mich sehr nach trockenem, festem Lande gesehnt, entgegnete Bayard, und wandte sich dann mit den Worten an Adeline:

Ich weiß ja aber noch nicht, ob Sie meine Begleitung auch annehmen werden — vielleicht zürnen Sie mir, daß ich so eifrig für die Union geredet habe?

Im Gegentheil, Capitain Bayard, Sie haben

für meine Fahne gefochten — Friede ist mein Losungswort, und darum halte auch ich es mit der Union, antwortete Adeline mit lieblicher Freundlichkeit, aber ich freue mich recht sehr auf den Ritt unter Ihrer Begleitung.

Viertes Kapitel.

Die Rose. Das Frühstück. Der Spazierritt.

Die Unterhaltung blieb gemeinschaftlich, und doch fand noch ein besonderer Austausch der Gedanken zwischen Bayard und Adelinen statt, denn die Ampel, welche unter dem Dach der Veranda hing, warf ihr Licht auf Beider Augen, so daß sie einander darin lesen konnten.

Auch richtete Bayard wiederholt ein halblautes Wort an seine schöne, blauäugige Nachbarin, wobei es denn oft geschah, daß dieselbe für Augenblicke die langen schwarzen Wimpern senkte, um so beredter aber blickte sie ihn dann wieder an, und nicht etwa mit einem Vorwurf darüber, daß er sie veranlaßt hatte, die Augen niederzuschlagen, sondern es lag dann mehr eine Frage in ihrem Blick, eine Frage aber, die sie sich selbst schon beantwortet zu haben schien.

Adeline nahm immer weniger Antheil an dem allgemeinen Gespräch, sie wurde gedankenvoll, und schien wie aus einem Traum zu erwachen, wenn außer Bayard sie Jemand anredete.

Auch Bayard wurde stiller und ernster und unterhielt sich anhaltender mit Adelinen. Olympia dagegen wurde immer redseliger, und fesselte Stauton sowohl, wie auch ihre Eltern an ihr Gespräch, während sie ihren Blick häufig beobachtend nach ihrer Schwester und Bayard hinüber schweifen ließ.

So verstrich der Abend, und es war nicht weit mehr von Mitternacht, als die Familie Ramière ihren Gästen eine angenehme Ruhe wünschte, und selbst solche suchte.

Die beiden Schwestern hatten in ihrem Schlafgemach in dem oberen Stock des Hauses, bereits ihre Nachttoilette beendet, die Sclavin Olympia's war

von dieser entlassen worden, und Adeline erwartete
die ihrige zurück, da sie dieselbe fortgesandt hatte, um
ein Glas Eiswasser für sie zu holen.

Olympia saß, leicht in das luftige, blendend
weiße Nachtgewand gehüllt, in dem Schaukelstuhl,
und wiegte sich, indem sie den einen Fuß mit dem
zierlichen goldgestickten, rothen Pantoffel vor sich auf
und nieder schwang.

Bayard ist ein schöner Mann, sagte sie zu
Adelinen, die, um noch die kühle Nachtluft zu athmen,
an dem offnen Fenster stand, mit ihrer kleinen Hand
in den bis über ihre Hüfte herabhängenden seidenweichen Locken ihres glänzend schwarzen losen Haars
spielte, und mit ihrer Rechten eine weiße Rose unter
ihre schöne, fein geschnittene Nase hielt.

Bei dem Namen Bayard schreckte sie, aus ihren
Gedanken erwachend, auf, und blickte nach ihrer
Schwester hin, ohne ihr sogleich zu antworten.

Er ist ein liebenswürdiger Mann, und scheint
sich für Dich zu interessiren, fuhr Olympia sich

schaukelnd fort, und ich glaube, Du könntest Deinen
Einfluß auf ihn benutzen, um ihn von seinen nordischen Ideen zu heilen und für den Süden zu gewinnen;
er ist eine bedeutende Persönlichkeit, die uns im Falle
eines Kriegs von großem Nutzen sein würde.

Adeline ließ schweigend ihren Blick auf der
Schwester ruhen, selbst noch, nachdem dieselbe aus-
geredet hatte, dann schüttelte sie ihr schönes Haupt,
und sagte mit weicher, doch vorwurfsvoller Stimme:

Olympia — was sagst Du da!

Durchaus nichts Unrechtes, antwortete diese,
darf man denn seinen Einfluß auf Andere nicht gebrauchen, um sie für die eigne Sache zu stimmen,
und hat man nicht die Verpflichtung, für sein Vaterland, für seine Nation zu handeln?

Und das Heiligste, was Gott dem Weibe gegeben
hat, für politische Interessen einzusetzen, Handel damit zu treiben? entgegnete Adeline mit einem Schauder
in ihrer milden, melodischen Stimme, nein, beste
Olympia, das würdest, das könntest auch Du nicht

thun, Du könntest das edelste Gefühl des Herzens nicht so mißbrauchen, nicht so entwürdigen.

Dabei schritt sie schnell zu der Schwester hin, beugte sich liebevoll zu ihr nieder, und drückte ihre Lippen zärtlich auf deren Mund.

Du mißverstehst mich, Abeline, sagte Olympia dann, ich meine nur, daß er, wenn er Dich liebt, ja von selbst sich unserer Sache annehmen würde, das ist doch natürlich, und das könnte Dir nur lieb sein.

Aber rede doch nicht von Dingen, die nicht exi-stiren, warum soll er mich denn gleich lieben — er hat mich ja kaum gesehen und kennt mich gar nicht, versetzte Abeline mit einem Tone, der ihren Worten widersprach, strich ihr schönes Haar von der Stirn zurück, und trat wieder an das Fenster.

Um sich zu verlieben, bedarf es nicht sehr langer Zeit, Augenblicke reichen oftmals hin, und Bayard Dir Stunden lang entzückt in Deine blauen Augen gesehen; meinst Du, ich hätte es nicht bemerkt?

fuhr Olympia mit heiterm Tone wieder fort, und
setzte ihren Stuhl abermals in Bewegung. Er ist
in eleganter Mann, und es sollte mich gar nicht
wundern, wenn er ein guter Südländer und Sclavenhalter würde.

Adeline hatte sich an den Fensterrahmen ange-
lehnt, und blickte über das Dach der Veranda hinab
auf den Sandplatz vor dem Hause, da kam es ihr
vor, als bewege sich seitwärts an dem Stamm einer
Magnolie, deren dichtbelaubte Krone hoch über das
Haus hinausreichte, eine Schattengestalt.

Adeline fuhr zusammen und zog sich ein wenig
von dem Fenster zurück, hielt aber ihren Blick durch
die Dunkelheit forschend auf den Gegenstand unter
dem Baume geheftet.

Jetzt bewegte er sich — ja, sie hatte Recht, —
es war Bayard, der dort stand und nach ihr herauf-
sah! Wieder durchzuckte es sie, — sollte sie sich
vom Fenster entfernen? Aber warum denn,
es ihm keine Freude machte, sie zu sehen, so würde

er nicht dort stehen, und sollte sie ihm nun diese Freude nehmen?

Es durchbebte sie ja selbst freudig, ihn zu sehen, und ein Unrecht lag doch nicht darin, daß sie im Fenster stand.

Sie lehnte sich wieder an den Fensterrahmen an, und drückte die Rose gegen ihre Lippen, da bewegte sich Bayard abermals — Adeline sah etwas Weißes — es war ein Tuch in seiner Hand — und jetzt hob er es, nach ihr winkend, empor.

Es lief ihr glühheiß durch die Nerven, sie stützte sich mit ihrer Linken auf die Fensterbank und neigte sich hinaus, es zuckte ihr in der Hand, in der sie die Rose hielt — noch einmal wehte sein Tuch — da öffnete sich die Thür des Schlafzimmers, die Rose flog über die Veranda zu Bayard hinab, und die Sclavin trat mit dem Glase Eiswasser zu Adelinen vor.

Diese schritt ihr entgegen, ergriff bebender Hand das Glas, und hob es an ihre Lippen.

Mein Gott — Adeline, Du glühst ja, wie eine

5 *

Päonie — der Purpur ist Dir bis unter das Haar getreten, sagte Olympia aufspringend, und ergriff, ihr spähend in die glänzenden Augen schauend, ihre Hand.

Dann glitt sie rasch an das Fenster, warf einen Blick hinaus, und kehrte lächelnd zu der Schwester zurück.

Wo hast Du Deine Rose gelassen, Herzensschwesterchen? fragte sie neckend, und strich ihr über die Wange, die jetzt von Neuem hoch erglühte.

Ich habe sie zum Fenster hinausgeworfen, antwortete Abeline mit halberstickter Stimme, und ergriff abermals das Glas mit Eiswasser, welches die Sclavin auf einem Teller hielt.

Es nimmt doch nicht so lange Zeit, wie Du glaubtest, um sich zu verlieben, flüsterte Olympia ihr lachend in das Ohr, und schlang ihren Arm um ihren Nacken.

Du bist recht unartig, Olympia, antwortete Abeline, und wollte sich loswinden, doch ihre Schwester küßte sie, und sagte:

Bist unser liebes, verzogenes Kind, wirst aber jetzt schon die Kinderschuhe ausziehen — hat man erst einmal eine Rose zum Fenster hinausgeworfen, so hat man sein Schulexamen bestanden.

Ich werde Dir böse, Olympia, wenn Du mich noch weiter ärgerst, entgegnete Abeline mit gezwungen schmollendem Tone, und wand sich aus dem Arm der Schwester, die ihr nun um die Wange strich und lächelnd zu ihr sagte:

Ich will Deine Geheimnisse nicht erforschen, noch viel weniger verrathen, es macht mir aber Freude, daß ich mich nicht geirrt habe.

Laß uns zur Ruhe gehen, Olympia, es ist schon spät, versetzte Abeline, und entließ ihre Dienerin.

Ich fürchte, Du wirst nicht so bald einschlafen, die Rose hält Dich wach, und wird Dich schließlich in Deine Träume begleiten. Gute Nacht, Schwesterchen, mußt mir Morgen erzählen, was Du geträumt hast, sagte Olympia scherzend, doch Abeline gab ihr keine Antwort mehr, und bald darauf war das Licht in dem Schlafgemach der beiden schönen Schwestern erloschen.

Die Sonne stieg am folgenden Morgen wie ein glühender Ball in dem Dunstlager über dem flachen Horizont empor, und färbte dasselbe mit orangem Schimmer, dem Vorboten eines sehr heißen Tages, als unten im Hause Ramière's die erste Glocke zum Frühstück ertönte, und Adeline aus ihrem Schlummer weckte.

Olympia saß vor ihrem Toilettetisch, und hinter ihrem Stuhl stand ihre Sclavin beschäftigt, ihr das schöne lange Haar zu ordnen.

Warum hast Du mich denn nicht geweckt, Olympia, da läutet die Glocke schon, sagte Adeline, von ihrem Lager emporspringend.

Du schliefest noch so sanft, und ruhtest im Traume wahrscheinlich auf einem Bett von Rosen, und da Du gewiß erst recht spät eingeschlummert warest, so mochte ich Dich nicht in Deinem Glück stören, antwortete Olympia lächelnd, und warf ihrer Schwester einen muthwilligen Blick zu.

Ach), mit Deinen Thorheiten, sagte Adeline gut-
müthig, nun werde ich kaum mit Anziehen fertig.
Dabei glitt sie zu dem Schellenzug, zog ihn haftig,
und gleich darauf trat ihre Sclavin in das Zimmer.

Komm, schnell, Cillena, ich habe so lange ge
schlafen, sagte sie zu der Dienerin, und nahm, sich
niedersetzend, ihr Nachthäubchen ab, worauf die prächtige Fülle ihres langen Lockenhaars sich entrollte.

Willst Du nicht eine Rose in Dein Haar
stecken? fragte Olympia neckend, ohne nach ihrer
Schwester umzusehen.

Ich bitte Dich, Olympia, Du machst mich ernst-
lich böse, antwortete Adeline ungehalten.

Ach, Scherz — Adeline, Du darfst mich ja auch
necken — mußt nicht Alles so ernst nehmen — bist
gar keine ächte Südländerin, mit ernsten, lange über-
legenden Gedanken genießt man sein Leben nicht, zumal wir nicht, denn unsere Blüthenzeit ist, wie die
der Rose, kurz gemessen. Darum sei heiter und
schnell entschlossen, nimm Alles leicht, entgegnete

Olympia aufspringend, zog eine Granatblüthe aus
der Base vor dem Spiegel, steckte sie in ihr schwarzes
Haar, und sagte:

Roth ist meine Farbe, und die ses Roth bedeutet
heiße Liebe!

Beide Schwestern hatten ihre Toilette beendet,
als die zweite Glocke zum Frühstück rief, worauf
Olympia ihren Arm in den Adelinens schlang, und
mit ihr hinunter nach dem Speisesaale eilte.

In dem Corridor vor demselben aber kamen
ihnen die beiden Gäste entgegen, und brachten ihnen
ihre Morgengrüße dar. Bayard trug eine weiße Rose
im Knopfloch seines Rocks.

Adelinen stieg beim Anblick der Blume das Blut
in die Wangen, und flüchtig sah sie ihre Schwester
an, doch diese schien die Rose nicht zu bemerken, nahm
Stautons Arm, und ließ sich von ihm in den Saal
führen, worauf Bayard den seinigen Adelinen mit
den Worten reichte:

Sie haben mir mit Ihrer Himmelsgüte die

glücklichste Nacht meines ganzen bisherigen Lebens gegeben, Fräulein Adeline, und mein Dank dafür wird erst mit dem letzten Schlage meines Herzens enden.

So haben Sie es mir nicht verdacht? erwiederte Adeline mit bebender leiser Stimme.

Könnte man einem Engel für solchen Segen, für solche Seligkeit so undankbar sein? erwiederte Bayard, seine Aufregung gewaltsam bekämpfend, schritt mit seiner schönen Gefährtin in den Saal, und wurde dort von deren Eltern aufs Freundlichste bewillkommnet.

Die Herren haben schon eine Frühpromenade gemacht, sagte Ramière nach ausgewechseltem Morgengruße zu den beiden Officieren, es ist eigentlich die schönste Zeit vor Sonnenaufgang, wir Südländer aber genießen gern die späte Nacht, und darum schlafen wir länger in den Morgen hinein.

Dann wandte er sich zu Bayard, und sagte:

Ich sehe, Sie sind Blumenfreund, Sie haben aber einen Raub begangen, denn diese Rose stammt von einem Busche, welcher meiner Tochter Adeline

gehört, und von dem es verboten ist, eine Blüthe
abzubrechen. Ich denke aber, Ihre Strafe wird so
schwer nicht sein.

Adeline stand mit ihrer Schwester bei ihrer
Mutter, und hörte die Worte ihres Vaters, es wurde
ihr bald heiß, bald kalt, doch faßte sie sich in ihrer
tödtlichen Verlegenheit ein Herz, wandte sich zu ihrem
Vater und Bayard hin, und sagte, wenn auch mit
unsicherer Stimme:

Es freut mich sehr, daß Capitain Bayard meiner
Rose so viel Ehre anthut, und mit diesen Worten
war die Angst, die Verlegenheit auch von ihr gewichen.

Man setzte sich nun in derselben Reihenfolge
wie am Abend vorher um die Tafel, und stärkte sich
für die Ermattung, welche die Hitze des Tages
bringen würde.

Die Luft in dem Saale war kühl und erfrischend,
denn dessen Thüren und Fenster hatten während der
Nacht offen gestanden, und es bedurfte jetzt nicht des
Fächelns, wie am vergangenen Abend.

Dennoch wurde das Frühstück schnell eingenommen, damit der beabsichtigte Spazierritt noch in der Kühle ausgeführt werden könne, und als man die Tafel verließ, standen auch schon die Pferde vor dem Hause.

Die Schwestern waren nach ihrem Zimmer geeilt, und warfen dort den Reitrock über, als Olympia zu Adelinen sagte:

Hast Dich prächtig wegen der Rose aus er Verlegenheit gerissen — ich durfte Dir nicht zu Hülfe kommen, so gern ich es gethan hätte. Ich sagte es Dir ja gestern Abend, daß Du die Kinderschuhe jetzt ausgezogen hättest.

Ich weiß noch nicht, woher ich den Muth genommen habe, entgegnete Adeline, es war mir aber wirklich, als müßte ich in die Erde sinken.

Du wirst bald diese Schwäche ablegen, die Einem bös mitspielen kann; ich werde nicht mehr verlegen, sagte Olympia.

Ich aber werde es niemals überwinden, und

soeben war es wirklich die Verzweiflung, die mich rettete, versetzte Abeline, nahm ihren Federhut und ihre zierliche Reitgerte, den langen Rock über den Arm, und eilte nun ihrer Schwester nach die Treppe hinab.

Vor dem Hause standen die gesattelten Rosse, Guido trug ein hölzernes Treppchen neben das milchweiße Pferd seiner Herrin, und Bayard leitete sie an der Hand hinauf in den Sattel, worauf Guido schnell die Treppe zu Olympia's Goldfuchs trug, und Stauton dieser in gleicher Weise behülflich ward, das Pferd zu besteigen.

Die Officiere schwangen sich nun ebenfalls in die Sättel, auch Guido war sofort zu Roß, und unter Grüßen und Winken nach dem Elternpaar Ramière sprengte der Reiterzug davon.

Stauton und Olympia ritten voran, Bayard mit Abelinen folgte in einiger Entfernung nach, und in noch größerer Weite hinter diesen ritt Guido, dem Winke seiner Herrin gewärtig.

Der Weg führte zwischen hohen Einzäunungen durch die am Flusse hinauf und hinab liegenden, jetzt abgeernteten Zuckerrohrfelder dem Urwald zu, der seine Kronen zweihundert Fuß hoch gegen den Himmel emporstreckte.

Die äußere Wand des Waldes bot keinen freundlichen Anblick, sie war mit grauem, wie Fahnen von den Aesten der Bäume herabhängendem Moos bis auf die Erde bedeckt, so daß man das frische Grün des Laubes kaum hier und dort erkennen konnte.

Wo der Weg aber in den Wald führte, öffnete es sich wie eine Schlucht, durch welche man in das dunkle saftige Grün hineinschaute.

Fünftes Kapitel.

Erste Liebe. Das Versprechen. Die Rückkehr.

Die Sonne strahlte schon sehr heiß auf die Erde nieder, so daß die Reitenden ihre Rosse in Galopp hielten, um bald die Schatten des Waldes zu erreichen.

Olympia war eine wilde Reiterin, und feuerte ihren Goldfuchs unter kurz gehaltenem Zügel mit der Reitgerte an, um ihn in seiner Aufregung, in seiner vollen Schönheit zu zeigen, und mit ausgespannten blutrothen Nüstern sprengte das edle Thier schnaubend mit ihr dahin, daß die lange weiße Feder ihres Hutes zitternd im Winde flatterte.

Ihr Freund Bayard, der nordische Ritter hat

bereits die Farbe einer Dame des Südens angelegt, sagte Olympia zu ihrem schönen Begleiter, der gleichfalls sein Roß aufreizte, und es in kurzem Galopp dicht neben ihr hielt, die Rose, welche er im Knopfloch trägt, kam von der Hand meiner Schwester.

Ei, ei! rief Stauton aus, ich wunderte mich auch sehr, als er gestern Nacht in unser Zimmer zurückkehrte und die Rose in der Hand hielt. Er war, große Hitze vorschützend, hinaus gegangen, und kam augenscheinlich sehr aufgeregt zurück. Also darum konnte er sich so schwer von der Rose trennen? Nachdem er sich schon zur Ruhe gelegt hatte, drückte er sie nochmals an seine Lippen, und stellte sie dann in einem Glas Wasser auf den Tisch neben sich.

Ich hoffe, er wird nun auch bald zur Fahne des Südens übergehen, denn wer Adeline einmal liebt und von ihr geliebt wird, muß für Lebenszeit ihr eigen bleiben.

Ich hatte so namenlose Angst, daß Sie mir den Gruß, den ich Ihnen durch die Rose sandte, übel

auslegen könnten, sagte Adeline im Vorwärtsgaloppiren
zu ihrem Begleiter, und hob gesenkten Hauptes ihren
milden bezaubernden Blick unter den langen Wimpern
seitwärts zu ihm auf.

Und mir war gestern Abend so bange, daß Sie
mein eifriges Reden zu Gunsten der Union übel genommen haben könnten; ich zürnte mir selbst darüber,
da ich ja eben so gut hätte schweigen können, entgegnete
Bayard, in dem Blick seiner schönen Gefährtin
schwelgend.

So hatten wir Beide einander mißtraut, sagte
Adeline.

Meinerseits kann ich es nicht so nennen, es war
nur meine bange Besorgniß, daß ich mir Ihre Gunst
dadurch verscherzt haben könnte, die zu erwerben, im
ersten Augenblick unsres Begegnens mir wie eine
Lebensfrage erschien, antwortete Bayard mit warmer
bewegter Stimme, wie glücklich mußte mich darum
das Zeichen Ihrer Freundlichkeit machen, welches Sie
mir durch die Rose gaben.

O sagen Sie es mir, Fräulein Adeline, wird es mir möglich werden, mir das Glück Ihrer Gunst zu erhalten, in Ihrer freundlichen Erinnerung fort zu leben, auch wenn ich Sie in langer Zeit nicht wiedersehen sollte?

Die Frage brauche ich Ihnen nicht noch zu be- antworten, die Rose hat es schon gethan, erwiederte Adeline vor sich niederblickend.

Aber Zeit und Trennung üben viel Gewalt über uns aus, fuhr Bayard mit bittendem Tone fort.

In meinen Gesinnungen ist keine Aenderung möglich, Kapitain Bayard, entgegnete Adeline, und wandte ihm den ganzen Spiegel ihrer Augen mit Innigkeit zu.

Aber in Verhältnissen — verehrte Adeline — werde ich Sie so wiederfinden, wie ich Sie verlasse? fragte Bayard noch mehr bewegt.

Ganz eben so in Gefühlen und Verhältnissen, das verspreche ich Ihnen, antwortete die Creolin fest und bestimmt.

In diesem Augenblick hatten sie den Wald erreicht, dessen dunkle, erquickende Schatten hatten sie umfangen, die Pferde waren in Schritt, die Zügel auf deren Nacken gefallen, und Bayard streckte Adelinen seine Hand hin.

Ihre Hand darauf, angebetete Adeline, sagte er flehend, und leicht erröthend legte sie ihre Hand in die seinige. Er hob sie an seine Lippen, Adeline ließ sie ihm willig, und ihr hingebend seelenvoller Blick beantwortete die Frage, die Bayard, ihr in die milden schwärmerischen Augen schauend, schweigend an sie richtete.

So ritten sie, in ihrem unverhofften Glück verstummt, Hand in Hand dahin, bis Bayard endlich das Schweigen brach, und tief ergriffen sagte:

Die irdische Seligkeit des Menschen hängt oft von Momenten ab, und für mich, geliebte Adeline, ist dies ein solcher Augenblick, er bestimmt mein ganzes Leben, entscheiden Sie mein Schicksal — O, sagen Sie es mir, ob ich glauben darf, daß meine Gefühle für Sie in Ihrem Herzen wiederhallen? — Adeline — ich verehre, ich liebe Sie mit meiner ganzen Seele — darf ich hoffen? —

Adeline senkte ihr schönes Antlitz, ihre Hand bebte in der des edlen jungen Mannes, ihre Lippen zitterten. —

Geliebte Adeline! sagte Bayard wieder mit flehender Stimme, und drückte seine Lippen abermals auf ihre Hand.

Ja, ja, warum sollte ich es Ihnen nicht sagen, daß ich Ihnen gut bin, von ganzem Herzen gut — Sie wissen es ja schon, und wenn meine Lippen es auch nicht ausgesprochen hätten, antwortete Adeline mit der ganzen Innigkeit ihres engelreinen Gemüths, und hob nun ihre mit Thränen des Glücks gefüllten Augen zu Bayard auf.

Es war für Beide ein seliger Augenblick, eine neue Welt, eine Welt voll namenloser Wonne hatte sich ihnen aufgethan, und Beide hatten für die Gefühle, die ihre Herzen so unaussprechlich beglückend erfüllten, keine Worte.

Der Weg wand sich zwischen den ungeheuern Stämmen des Waldes hin, die wie Pfeiler unter dem Gewölbe einer Kirche das hohe dichte Laubdach trugen, und aus dessen Höhe die Weinranken wie Riesenschlangen bis auf die, von üppigen Pflanzen überwucherte Erde hinabhingen und sich in graziösen Bogen wieder bis in den Wipfel des nächsten Baumkolosses hinaufschwangen, während das leichte luftige Gewinde der Schlingpflanzen von Ast zu Ast, von Ranke zu Ranke schwebte, und die grüne Kuppel wie zum Feste mit tausendfarbigen Blüthen schmückte.

Es war so still, so friedlich, so traut in dem Walde, kein lauter Ton traf das Ohr, kein Sonnenlicht schreckte das Auge der in ihrem Glück verstummten Liebenden.

Meine Adeline, meine engelsgute Adeline!

Mein Bayard! waren die ersten Worte, die den Lippen der beiden Glücklichen entstiegen, nun aber folgten die Versicherungen ewiger Liebe, ewiger Treue, in denen ihre Herzen überströmten.

Laß uns unser Glück aber noch vor der Welt geheim halten, mein Hugo, bat Adeline den Geliebten, Du gehst ja doch so bald schon wieder von mir, und ich fürchte, daß die Menschen störend zwischen uns treten möchten, wenn auch keine Gewalt der Erde mich je Dir rauben kann — ich bin Dein, und würde Alles, Alles um Dich aufgeben, um Dich verlassen. Es bedarf für mich nur Deines Willens, Deines Wortes, um ganz Dein Eigenthum zu werden.

Bayard, außer sich vor Seligkeit, willigte gern in den Wunsch der Geliebten ein, und sagte schließlich:

Der Himmel gebe, daß die politischen Wirren sich friedlich lösen mögen, denn im Falle eines Krieges würde ich der Union, zu deren Fahne ich geschworen habe, meine Treue bewahren.

Und ich, Hugo, würde Dich deßhalb noch höher

achten, noch mehr lieben, antwortete Abeline, und fügte nach kurzer Pause noch hinzu:

Es ist dies ein Grund mit für meine Bitte, unser Verhältniß geheim zu halten, denn die Meinigen sind, wie Du bemerkt hast, fanatische Südländer, und ich glaube, ständest Du ihnen als Nordländer feind= lich gegenüber, so würden sie Dich als Todfeind hassen, ohne mich, ohne das Leid und Weh zu berücksichtigen, welches sie dadurch über mich brächten.

Laß sie vermuthen, laß sie glauben, daß wir uns zugethan sind, Du weißt, wir Südländerinnen genießen mehr Freiheit in Bezug auf den Ausdruck unserer Gefühle, als unsre Schwestern im Norden, und mein Vertrautsein mit Dir giebt den Meinigen die Hoffnung, daß ich Dich für die Sache des Südens gewinnen würde.

Alles, Alles, meine Abeline, wie Du es willst, antwortete Bayard, da erblickten sie in einer Biegung des Weges Olympia mit Stanton, welche ihre Rosse angehalten hatten, und auf sie zu warten schienen.

Dort trennte sich der Weg, der eine führte gerade aus nach der nächsten Plantage, der andere bog links ab nach Ramières Wohnsitz zurück.

Haben Sie die Reize unsres Waldes genug bewundert, Capitain Bayard, und sollen wir nach Hause reiten, oder wünschen Sie, noch länger die Waldluft zu genießen? fragte Olympia denselben, als er sich mit Adelinen näherte.

Ganz, wie die Damen es bestimmen, antwortete Bayard mit einer Verneigung gegen Olympia und gegen Adelinen.

Besser, wir eilen nach Hause, versetzte diese, die Sonne wird zu heiß, und wir haben eine Meile in dem offenen Felde zu reiten.

Der Vorschlag wurde sogleich befolgt, der Weg links wurde eingeschlagen, und bald war der Waldsaum erreicht.

Nun mußten die Pferde wieder in Galopp ansprengen, denn die Sonne brannte glühend hernieder, und nur der Luftzug, durch das schnelle Reiten erzeugt, konnte die Hitze erträglich machen.

Jetzt zäumte auch Adeline ihr prächtiges, milch-weißes Roß auf, und reizte es, um es in seiner Schönheit zu zeigen, und mit Wonne und Freude strahlendem Blick wechselte sie Worte der Liebe mit dem glücklichen Manne an ihrer Seite.

Ermattet und erschöpft durch die sengende Gluth der Sonne und durch die trockne Hitze der Luft, sprengten sie vor das Wohngebäude, die beiden Reiter warteten nicht, bis Guido das Treppchen zu den Reiterinnen trug, sondern sie hoben dieselben schnell auf ihren Armen aus dem Sattel, und im nächsten Augenblick athmeten sie Alle tief auf in dem kühlen Schatten der luftigen Veranda.

Die beiden Schwestern gaben ihren Sclavinnen Reitrock, Hut und Peitsche, und sanken dann mit Fächern bewaffnet in Schaukelstühle hin.

Olympia aber reichte Stauton, der sich neben ihr niederließ, sofort ihren Fächer, um ihr Kühlung

zuzuwehen, nud Bayard, der sich an dem anderen
Ende der Veranda zu Adelinen setzte, nahm dieser den
Fächer ab, und hielt ihn in so fliegender Bewegung,
daß die reichen Locken des Mädchens auf deren
Alabasternacken im Luftzuge hin und her wogten.

Ungestört ihrem Glück sich hingebend, verbrachten
die beiden Paare hier die noch übrigen Stunden des
Morgens; denn Madame Ramière verließ während
der Hitze des Tages selten ihre in der Nacht abge-
kühlten Gemächer, und Herr Ramière hielt sich in
dem Zuckerhause auf, wo die Schätze der diesjährigen
Ernte zum Verkauf fertig gestellt wurden.

Olympia schien in übersprudelnder fröhlicher
Laune zu sein, sie neckte und plagte ihren heißblütigen
Verehrer, reizte ihn mit dem liebelockenden Spiel ihres
Fächers und ihrer mächtigen Augen, kokettirte mit
ihrer wundervollen Hand, mit dem unvergleichlichen,
zierlichen Fuß, und lachte laut auf, wenn er schwur,
daß er in Liebe für sie vergehe, und dennoch schimmerte
durch dies leichte tändelnde Gebahren des schönen

Weibes, die Herrschaft, die sie über ihre eignen Gefühle besaß, und jeder Blick ihrer stolzen begehrenden
Augen zeigte, daß sie die Leidenschaft des Mannes
nur anfachte, um ihre eignen Wünsche nach eignem
Willen durch ihn erfüllt zu sehen.

Adeline und Bayard dagegen waren still in dem
hohen Glück, welches ihnen ihre Liebe für einander so
unverhofft in die Seele gegossen hatte, mit inniger
Hingebung beredeten sie die Wonne ihrer Zukunft,
und schauten einander in die treuen Augen, in denen
sich ihr irdischer Himmel ihnen offenbarte.

Eillena, die Sclavin Adelinens, meldete sich bei
dieser, und erinnerte sie, daß es Zeit sei, Toilette zu
machen, worauf ihre junge Herrin sich erhob, ihr
einige Worte zuflüsterte, und dann von Bayard schied,
indem sie ihm die Hand reichte, und sagte:

Denk an mich, mein Hugo!

Verglühen Sie nicht während meiner Abwesenheit,
schöner Capitain, sagte Olympia zu Stauton, indem

sie ihm ihre Hand zum Kusse hinreichte, Olympias
Liebe birgt endlose Seligkeit für Sie.

Dann warf sie ihm noch einen liebeflammenden
Blick zu, grüßte ihn mit dem Fächer, und eilte ihrer
Schwester mit den Worten nach:

Nimm mich mit Dir, Abeline!

Olympia hatte sich bereits den geschäftigen
Händen ihrer Sclavin überlassen, als Cillena in das
Zimmer trat, eine weiße Rose in ein Glas mit
Wasser stellte, und dann sich beeilte, ihrer Herrin das
Haar neu zu ordnen. Dies war schnell geschehen,
und die Dienerin fragte, welches Kleid Abeline zu
tragen wünsche.

Mein neues weißes Spitzenkleid, antwortete diese,
worauf Olympia sich nach ihr umwandte, und ihr
mit einem neckenden Blick lächelnd zunickte.

Abeline that, als habe sie die Schwester nicht
verstanden, als sie aber ihre Toilette beendet hatte,
und die Rose aus dem Glase vor ihren Busen steckte,
lachte Olympia hell auf, und sagte:

Ich verzichte nunmehr auf mein Amt als Deine Lehrerin, Du übertriffst die Meisterin.

So bleibt Dir doch immer die Ehre, eine solche Schülerin erzogen zu haben, antwortete Adeline lächelnd mit einem Blick, als wolle sie damit sagen, daß sie viel zu glücklich sei, um einen Mißton in ihre Stimmung einzulassen.

Nun sieh Einer einmal das Mädchen an, fuhr Olympia überrascht fort, ist sie nicht plötzlich ganz selbstständig geworden und spielt ihre Trümpfe aus, wie eine alte Spielerin! Am Ende wird die Rose auch noch ausgespielt?

Wenn das Dir Freude macht — ganz gewiß, entgegnete Adeline in demselben glücklich heiteren Tone in dem Augenblick als die Tischglocke durch das Haus erschallte.

Und der Gewinnst ist ein werthvoller Mann für die Sache des Südens, fiel Olympia mit fragendem Lächeln doch erstem Tone ein.

Handel treibe ich nicht, Olympia, das weißt Du,

entgegnete Abeline ernster, und fügte lächelnd noch hinzu: doch nehme ich gern an, was man mir aus Liebe giebt.

Und Dir zu Liebe muß ein Mann Alles geben! sagte Olympia.

Dabei war Abeline schnell aus der Thür getreten, ihre Schwester folgte ihr, ergriff ihren Arm, und sagte:

Wie siehst Du reizend aus, Mädchen, ich wollte ich hätte Deine Augen, sie gleichen einem Briefe, welcher die süßesten Geheimnisse in sich schließt.

Am Fuße der Treppe warteten die beiden Officiere auf das Schwesterpaar, und boten ihnen den Arm, um sie in den Saal zu geleiten.

Wie hat Ihnen unser Wald gefallen, — sind Sie befriedigt aus demselben zurückgekehrt? wandte sich Madame Ramière nach freundlicher Begrüßung an Bayard.

Es war zauberisch schön dort, antwortete er nicht

ganz unbefangen, und begegnete dabei flüchtig dem
Blick Adelinens, die neben ihre Mutter getreten war.

Um ihn recht zu genießen, muß man früh
Morgens vor dem Frühstück hineinreiten, wenn die
Vögel noch singen, fiel Herr Ramière ein, die jungen
Damen aber trennen sich · nicht gern so früh von
ihrer Ruhe.

Doch, Vater, mir wird es eine Freude sein,
wenn die Herren mich begleiten wollen, hast Du es
vergessen, daß ich im vergangenen Frühjahr, nur von
Guido gefolgt, oftmals bei Sonnenaufgang den Ritt
gemacht habe? erwiederte Adeline.

Ueber meine Dienste haben Sie zu befehlen,
Fräulein Adeline, versetzte Bayard mit einer Verneigung.

Und ich werde Capitain Stanton nach dem
Frühstück mit der Erlaubniß beglücken, mich zu Roß
zu begleiten, fiel Olympia scherzend ein, das frühe
Aufstehen schadet dem Glanz des Auges und erzeugt
Gähnen, und der Morgennebel und die nassen Büsche

stimmen meine Poesie herab, ich liebe den Schatten in heißer Sonnengluth und die Kühle im Salon auf seidenem Polster und weichem Teppich.

Dann wandte sie sich in demselben leichten heitern Tone zu Stanton, und sagte:

Und Sie Capitain, als mein treuer Ritter, sind doch derselben Meinung?

Ich kenne nur ein Gesetz, das ist Ihr Wunsch, Fräulein Olympia, entgegnete Stanton, reichte ihr die Hand, und führte sie zu Tisch, während die Andern gleichfalls ihre gewohnten Plätze einnahmen.

Frohe Laune würzte das Mahl, der Champagner feuerte zu Scherz und Witz an, und von Politik wurde kein Wort laut.

Sechstes Kapitel.

Die Siesta. Die Mittagsgluth. Die Liebenden. Bange Befürchtung.

Unmittelbar nach Tisch eilten Alle, wie von einem unumstößlichen Gesetz getrieben, nach ihren Gemächern, um die unvermeidliche Siesta (Nachmittagsschlaf) zu halten.

Bayard allein fröhnte dieser Gewohnheit nicht, Adeline versah ihn mit einem Bande von Byrons Poesien, und damit setzte er sich unter der Veranda in einen Schaukelstuhl, wo die leicht bewegte Luft den Schatten kühlend durchzog.

Er wollte lesen, doch der Versuch war umsonst, wie wäre es möglich gewesen, der Heißgeliebten seiner

Seele auch nur für einen Augenblick seine Gedanken zu entziehen! Er ließ das Buch auf seinen Schooß sinken und schloß, um das theuere Bild Adelinens klarer vor sich sehen zu können, die Augen, hielt aber den Stuhl fortwährend in Bewegung.

So hatte er wohl eine Viertelstunde gesessen, als er ein leises Rauschen vernahm, und die Augen öffnete.

Da legte in demselben Augenblick sich eine kleine weiße Hand auf die seinige, und Adeline beugte sich zu ihm nieder.

Mein Hugo! hauchte es von ihren Lippen.

Himmel — meine Adeline! stammelte Bayard, sich zu ihr erhebend, und wortlos sanken sie sich in die Arme und ihre Lippen brannten im ersten Kusse zusammen. Ihre Seelen hielten einander umschlungen, so wie es ihre Körper thaten, vergessen war Ort und Zeit und das Geheimniß ihrer Liebe, sie hatten kein Ohr, keine Augen mehr für die Welt um sich, ihre ganze Welt hielten sie in ihren Armen!

Herrin — Ihre Mutter! sagte plötzlich eine traute Stimme mahnend, und Guido schritt schnell an den Liebenden vorüber.

Adeline fuhr erschrocken von Bayard zurück, dieser aber ergriff rasch ihren Arm, zog sie schnell in den Schaukelstuhl nieder, hob das Buch von dem Fußboden auf, und setzte sich ihr gegenüber auf einen Sessel.

Wiege Dich in dem Stuhle, sagte er halblaut zu Adelinen, und diese begann sich eben zu schaukeln, als Madame Ramière aus dem Corridor unter die Veranda trat, und ihre Tochter und Bayard bemerkend, zu ihnen heranschritt.

Es ist so drückend warm in meinen Zimmern, daß ich nicht schlafen konnte, sagte sie zu Bayard, der ihr entgegen ging, und schnell einen Schaukelstuhl für sie heranzog.

Ihrer Fräulein Tochter ist es ebenso ergangen, entgegnete er, und ich glaube, daß Sie hier Ihre Siesta angenehm abhalten können, die Luft bewegt sich, und gerade an dieser Ecke des Hauses ist der Zug fühlbar. Nehmen Sie gefälligst Platz, Madame Ramière, ich will nicht stören.

O, nein, Capitain Bayard, bleiben Sie ruhig hier, mein Schlaf ist doch hin, und Adeline würde es mir niemals vergeben, wenn ich die Veranlassung zu Ihrem Entfernen würde. Nur, wenn Sie bei uns bleiben wollen, nehme ich Platz, antwortete die Frau mit ausgezeichneter Höflichkeit, und wandte sich dann zu ihrer Tochter mit den Worten:

Bitte, Adeline, laß Capitain Bayard nicht von uns gehen, Du weißt es ja, daß ich nun doch nicht schlafe.

Sie dürfen uns nicht verlassen, Capitain, sagte Adeline jetzt, sich von ihrem Schreck erholend, und winkte ihm freundlich zu, worauf er sich denn bei ihnen niederließ.

Bald darauf erschien auch Herr Ramière, sowie Olympia und Stauton, und setzten sich mit in die Reihe.

7 *

Du hast Dich ja von mir weggestohlen, Schwesterchen, hub Olympia zu Adelinen gewandt an.

Es war zu warm im Zimmer, antwortete diese.

Und warest in solcher Eile, daß Du Deine Rose in dem Wasserglas zurückgelassen hast, fuhr Olympia fort, worauf Adeline aufsprang und in das Haus ging. Nach einigen Augenblicken kehrte sie mit der Rose in der Hand zurück, und reichte sie mit seelenvollem Lächeln an Bayard, indem sie sagte:

Ich hatte sie für Sie bestimmt, und gebe Ihnen zugleich die Erlaubniß, nach Belieben von meinen Rosen zu pflücken.

Mit freudestrahlendem Blick nahm Bayard die Blume hin, ergriff aber zugleich Adelinens Hand, hob sie an seine Lippen, und sagte:

Die Rose, das lieblichste Kind des Südens, ist auch für den Norden die süßeste, die theuerste aller Blumen.

Capitain, Ihr Freund übertrifft Sie noch an

Galanterie, sagte Olympia zu Stauton mit einem
graziösen Wink ihres Fächers nach Bayard hin.

In die Schaukelstühle hingegossen, verbrachte die
Familie Ramière mit ihren Gästen den Nachmittag
in tropischer Ruhe unter der schattigen Veranda, man
schien absichtlich jede Bewegung zu vermeiden, um
der Hitze passiven Widerstand zu leisten, und selbst
die Aufregung lebendiger Unterhaltung wurde ver-
mieden.

Herr Ramière schwelgte, sich seinen Gedanken
überlassend, in dem Genusse, den ihm der Rauch
einer köstlichen Cigarre bot; Madame Ramière hielt,
wenngleich sie nicht schlief, wie das Schaukeln ihres
Stuhls zeigte, die Augen geschlossen, und gab sich
dem wonnigen Gefühl des Luftzuges hin, den die
Sclavin mit dem über sie hinwehenden Pfauschweif
ihr entgegen trieb, und Olympia hatte es ihrem be-
zauberten Anbeter überlassen, neben ihr sitzend, mit
seinem Fuße ihren Stuhl im Wiegen zu erhalten und
ihr mit dem Fächer Kühlung zuzuwehen.

Bald schloß sie in üppiger Ermattung ihre Augen, und ließ in verführerischem Hinsinken ihre elastisch schwellende Gestalt in dem weit rückwärts gebogenen Stuhle ruhen, bald stützte sie ihren reizenden, sich aus dem herabhängenden Spitzenärmel befreienden Arm auf dessen Seitenlehne,- senkte ihre Wange auf ihre schöne Hand, und ließ die wollüstige Gluth ihres Blicks dem schmachtenden Liebhaber an ihrer Seite zuströmen.

Auch Bayard hielt den Stuhl der Geliebten in leichter Bewegung, umfächelte sie mit Kühlung, und begegnete ihrem Auge, ihre gegenseitigen Blicke aber spiegelten das stille Glück ihrer Seelen und den Dank, den sie einander dafür zollten.

Es war sehr warm, die Luft, die man athmete, war trocken und so erhitzt, als käme sie aus einem Glühofen, und das gelbe Licht der Sonne zitterte blendend über der Erde.

Dabei schien die Natur jeder Bewegung beraubt zu sein, das kleine weiße einzige Wölkchen, welches hoch am durchsichtigen Himmel schwebte, hatte schon am frühen Morgen auf demselben Fleck gestanden, kein Blatt am Baume, keine herabhängende leichte Ranke einer Liane rührte sich, kein Vogel durchzog die Luft, und kein Ton unterbrach die Stille der durchglühten Umgegend, als das unaufhörliche einschläfernde Zirpen und Summen der Insektenwelt.

Sämmtliche Ruhende unter der Veranda warfen von Zeit zu Zeit einen verlangenden Blick auf die Schattenlinie, welche das Sonnendach über ihnen auf den Fußboden zeichnete, und ermaßen danach den Stand der Sonne, die für die beiden jungen Paare heute ihre Bahn besonders langsam durchwanderte.

Endlich aber neigte sie sich, die grimme Herrscherin der Tropenwelt, sie hüllte sich wie ein rother Ball in den orangegelben Dunstkreis über dem flachen Horizont, ein leichter kühler Luftzug strich vom Meere herauf über die Erde, und unter der Veranda vor Ramières Haus stellte sich wieder mehr Leben ein.

Der alte Herr ließ sein Pferd satteln und vor-
führen, empfahl sich seinen Gästen, und ritt davon,
um einem seiner Nachbarn einen geschäftlichen Besuch
abzustatten. Madame Ramière begab sich in das
Haus, um alle Thüren und Fenster in demselben
öffnen zu lassen, und Olympia und Adeline verabschiedeten sich bei ihren Freunden für kurze Zeit, um
ihre Toiletten zu wechseln.

Die Sonne war versunken, die Schatten der
hereinbrechenden Nacht zogen rasch über die Erde, und
die ganze Natur athmete, in der zunehmenden Kühle
sich erfrischend, auf.

Bleibe noch einige Augenblicke hier, und laß
mich vorangehen, ich habe Stauton nothwendig allein
zu sprechen, und will mich mit ihm in den Pavillon
begeben, sagte Olympia vertraulich zu ihrer Schwester,
und ging, ohne Adelinens Antwort abzuwarten, laut-
losen Trittes aus dem Zimmer.

Diese, obgleich auch schon bereit, hinunter zu
gehen, blieb, wie von einem freudigen Schreck berührt,

stehen, ihr Herzschlag hatte für einen Augenblick ausgesetzt, und sie fühlte, wie ihr bei dem Gedanken, mit
Bayard nun allein zu sein, das Blut in die Wangen
getreten war.

Dann schritt sie an das Fenster, blickte in das
Düster hinaus, und sah Olympia mit Stauton in
dem Garten davon wandeln, worauf sie hastig ihren
Fächer ergriff, und hinab unter die Veranda eilte.
Ihr erster Blick traf dort auf die geliebte Gestalt
Bayard's.

O, wie sie einander entgegen eilten, nur noch
einen spähenden, flüchtigen Blick umher, ihre Arme
verschlangen sich, in flüchtigem Kusse begegneten sich
ihre Lippen, und unter der beseligenden Gewalt des
Augenblicks erbebend, glitten sie in den Garten
hinab.

Wie der Epheu sich um die Eiche rankt, so
schmiegte sich Adeline an den Geliebten, sein Arm
zog sie fest an sein Herz, ihr schönes Haupt ruhte an

seiner breiten Bruft, und ihr Blick hing an seinem
treuen dunkeln Auge.

So wandelten sie dem Orangenhaine zu, und
von deffen lieblichem Blüthenhauch umwogt, darin
fort bis an sein Ende, wo sie auf einem Ruhesitze
über dem dahinraufchenden Strome unter dem letzten
Baume Arm in Arm niederfanken.

Feierliche Ruhe lag auf der Gegend, der kühle
Seewind kräufelte sich in den Kronen der Orangenbäume und führte deren gewürzigen Blüthenduft bis
auf die Erde nieder, der Spottvogel flötete sein süßes
melancholisches Lied durch die stille Nacht, und die
Sterne funkelten hell über den beiden glücklichen
Liebenden.

Dem Ernst und Bangen der Welt waren sie
entrückt, das Gefühl ihrer Liebe für einander nahm
alle ihre Gedanken in sich auf, ihre Herzen schlugen
hoch, und Schwüre ewiger Treue entquollen unter
heißen Küffen ihren Lippen.

In ihrem luftigen weißen Gewand lag die schöne

engelreine Abeline in den Armen des wonnetrunkenen Jünglings, und ihre halb geschlossenen, langbewimperten Augen hingen in Glück ersterbend an seinem berauschten Blick, als er nach einer langen seligen Pause das Schweigen brach, und sagte:

O, Du meine Welt, meine Abeline, wie soll, wie kann ich Dir je im Leben für das Glück danken, in dem mein Herz jetzt überströmt?

Ach, mein Hugo, auch mir ist das Herz so voll des Glücks, ich habe aber keine Worte dafür, flüsterte die Creolin, und sank wieder an die Brust des Geliebten.

Es bedarf für mich nicht der Worte, um Dich zu verstehen, Du mein Leben, Du bist ja Nichts, als Himmelsgüte und Liebe, entgegnete Bayard, und schloß sie wieder in seine Arme.

Ja, meine Gefühle gehen alle in der Liebe für Dich auf, die so endlos, so unbegrenzt ist, daß ich Dir nimmer deren ganzen Umfang werde deutlich machen können. O, ich liebe Dich unaussprechlich,

Hugo, und wenn die Liebe eines Weibes Dich glücklich machen kann, so sollst Du es in hohem Grade werden, sagte Adeline im Ueberwogen ihres Gefühls.

Und ich will Dich lieben, wie nie ein Weib wahrer und heißer von einem Manne geliebt wurde, auf den Händen will ich Dich tragen, in Deinen Gedanken will ich Deine Wünsche lesen, um sie zu erfüllen, ehe sie Deine Lippen überschritten, antwortete Bayard, und in der Begeisterung ihrer ersten Liebe eilte die beflügelte Zeit von ihnen unbemerkt dahin, als plötzlich eilige Tritte unter den Orangenbäumen sich näherten, und Guido's Stimme aus einiger Entfernung sagte:

Ihr Herr Vater ist zurückgekehrt, Herrin!

Ich danke Dir, Guido, antwortete Adeline, indem sie sich mit Bayard erhob, und fuhr dann zu diesem gewandt fort:

O, wie ist die Zeit bei Dir so kurz, und wie endlos lang wird sie mir ohne Dich, Geliebter!

Dann nahm sie Bayard's Arm, und schritt mit ihm unter den Bäumen hin, indem sie fortfuhr.

Wir wollen nach dem Pavillon zu meiner Schwester gehen, damit wir dort sind, wenn Vater eintrifft. Ach, dürfte ich doch diese Verstellung, dieses Geheimniß abwerfen, und Allen mein Glück zurufen!

Bald — bald, süßer Engel, sobald die Politik sich wieder beruhigt hat und kein Friedensbruch mehr zu fürchten ist, antwortete Bayard, den Arm der Geliebten an sein Herz pressend, und wandelte mit ihr durch die Schwärme von Leuchtkäfern, die wie feurige Wolken über der Erde schwebten, dem Pavillon zu.

Bald traten sie in das helle Licht, welches aus demselben hervorströmte, und wurden von Olympia mit den Worten begrüßt:

Bringen Sie mein schönes Schwesterchen herein, Kapitain Bayard, und erfreuen Sie mich mit Ihrer Gegenwart, Sie sollen auch mir einige Ihrer süßen

Galanterien sagen, Adeline muß sie nicht allein erhalten.

Dabei winkte sie nach den Stühlen hin, und
während ihre Schwester mit ihrem Begleiter Platz
nahm, fuhr sie fort:

Es war wohl recht schön unter den Orangen?
Sie dufteten so süß, und ich hörte auch einen Spottvogel singen — sein Lied macht mir das Herz stets
liebekrank.

Dann wandte sie ihren Blick nach dem Eingange,
und sagte:

Sieh, da ist Vater schon zurück, er bleibt sonst
später bei diesem Nachbarn.

Im nächsten Augenblick trat Herr Ramière in
en Pavillon ein, und grüßte seine Gäste, sowie seine
Töchter auf's Artigste, bat um Entschuldigung, daß
er sich so lange entfernt hatte, und nahm Platz in
einem Armstuhl.

Nach diesen Worten der Höflichkeit nahmen seine

Züge einen ernstern Ausdruck an, er legte sich in dem Stuhle zurück, und sagte:

Die Würfel sind jetzt gefallen, das Schicksal der Union ist entschieden. Denn Heute, am sechsten November, hat die Präsidentenwahl stattgefunden, und möglicherweise werden wir schon Morgen erfahren, wer gewählt worden ist. Gott gebe, daß der Name Lincoln uns nicht genannt werde!

Ich glaube es nicht, ich hoffe, daß Breckinridge den Sieg davon getragen haben wird, sagte Bayard.

Und wenn ihn Lincoln errungen hat, so wird der Süden ihm den Lorbeerkranz vom Haupte nehmen, fiel Olympia ihm mit aufflammendem Auge in das Wort, und fuhr mit einem Blick auf Stauton fort, wenn die Zahl unsrer Freunde auch klein ist, so sind dieselben doch starke, ritterliche Männer, und wenn es sein muß, werden auch die Frauen des Südens zu kämpfen wissen.

Dann allerdings würde der Norden geschlagen sein, Fräulein Olympia, entgegnete Bayard lächelnd

und mit heiterm Tone, lassen Sie uns das Beste
hoffen; die Feder schlichtet Streitigkeiten viel leichter
und schmerzloser, als das Schwert.

Gott gebe, daß es nicht zum Äußersten komme,
nahm Ramière das Wort, ich habe nach New-Orleans
geschrieben, man solle mir sofort mit dem ersten
Boote durch einen Expressen die Nachricht über die
Wahl zusenden, so daß wir vielleicht schon frühzeitig
Morgen das Resultat erfahren.

Und sollte Lincoln wirklich gewählt sein, so wäre
deshalb ja noch kein Bruch in der Union nothwendig,
fiel Bayard besänftigend ein, man müßte dann doch
erst abwarten, ob er etwas gegen die Rechte des
Südens unternähme.

Abwarten, bis man uns die Ketten angelegt
hätte? versetzte Olympia heftig, nimmermehr —
Lincolns Wahl ist die Unabhängigkeitserklärung des
Südens!

Ich für meinen Theil, Fräulein Olympia, hege
das Vertrauen zu dem gesammten amerikanischen Volke,

daß es viel zu sehr sein Interesse kenne, als daß es unnöthig sich selbst zu Grunde richten sollte, antwortete Bayard, und suchte nun dem Gespräch eine andere Richtung zu geben, wobei ihm der Diener zu Hülfe kam, welcher zum Abendessen rief.

Die Unterhaltung während desselben war ernst und gezwungen, ein Jeder schien seine eigenen Gedanken zu verfolgen, und auch nach Tisch, als man noch einige Zeit unter der Veranda verbrachte, wollte der gewohnte heitere, herzliche Ton sich nicht einstellen.

Bayard und Adeline nahmen den wenigsten Antheil an dem allgemeinen Gespräch, sie hatten so viel über ihr eignes Glück zu reden, daß sie andern Interessen keine Aufmerksamkeit schenken konnten, und mit Leidwesen folgten sie dem ungewöhnlich frühzeitigen Aufbruch der Gesellschaft, um sich zur Ruhe zu begeben.

Ehe man aber die Veranda verließ, ertheilte

Adeline in Gegenwart Aller ihrem Diener Guido den
Befehl, vor Sonnenaufgang die Pferde bereit zu
halten, da sie mit Capitain Bayard vor dem Frühstück spazieren reiten wolle.

———————

Siebentes Kapitel.

Die Mahnung. Der Morgen. Der Wald. Ernst. Lincoln, Präsident. Der Entschluß.

Die beiden Schwestern hatten ihre Sclavinnen aus ihrem Schlafgemach entlassen, und sich zur Ruhe niedergelegt, als Olympia zu Adelinen sagte:

Sei vorsichtig, und bedenke, was Du thust, Adeline, damit Du Dich nicht an einen Mann bindest, der vielleicht bald in den Reihen unsrer Feinde steht, es würde Dich von ihm, oder von uns trennen, und Beides könnte schmerzlich für Dich werden. Hat Bayard nicht so viel Liebe für Dich in seiner Brust, daß er um Dich sein politisches Bekenntniß wechselt, so ist er Deiner Liebe nicht werth.

8*

Ich würde ihn derselben nicht werth halten, wenn er an der Fahne, zu der er geschworen hat, zum Verräther würde. Trennt sich die Union friedlich in zwei Reiche, dann steht es Bayard frei, in dem einen seinen Dienst aufzugeben, und in den des andern zu treten, bricht aber Krieg mit der Union aus, so lange er sich noch in deren Dienst befindet, so darf er als Ehrenmann ihr nicht abtrünnig werden, antwortete Adeline ruhig, aber bestimmt.

Das sind überspannte, schwärmerische Ideen, von denen Du zurückkommen, oder schwer unter ihnen leiden wirst, fuhr Olympia fort. Freilich, wenn Du selbst ihm solche Gesetze predigst, so wird er ihnen gern folgen, als Südländerin aber solltest Du ihn für die gerechte Sache Deines Vaterlandes zu gewinnen suchen.

Mein Gott, Olympia, wir haben ja noch keinen Krieg, warum denn selbst das Unheil heraufbeschwören? entgegnete Adeline ungeduldig, fügte aber freundlich noch hinzu:

Laß uns in Frieden schlafen, und hoffen, daß er uns erhalten bleibe; gute Nacht, Olympia.

Hiermit löschte Abeline das Licht aus; und schloß ihre schönen Augen, wenn auch der Schlaf noch lange nicht bei ihr einkehrte.

Kaum war am folgenden Morgen die Dämmerung dem Tageslicht gewichen, als Cillena leise in das Schlafzimmer ihrer jungen Herrin trat, um dieselbe zu wecken. Abeline aber erwartete sie schon mit offnen Augen, erhob sich schnell, und beeilte sich, ihre Toilette zu machen.

Die wundervolle Fülle ihres Lockenhaares ließ sie nur schnell zusammenrollen und unter dem spitzen Federhut bergen, und ehe zehn Minuten vergingen, hatte sie schon ihren Reitrock übergeworfen, ihre Gerte ergriffen, und schlüpfte, noch einen Blick auf ihre schlafende Schwester richtend, lautlos zur Thür hinaus und die Treppe hinab.

Der beglückende Morgengruß, nach dem ihr Herz verlangte, wurde ihr zu Theil, Bayard hielt ihr freudestrahlenden Blicks seine Hand entgegen, und empfing sie mit Worten der innigsten Liebe.

Wie glänzten ihre Augen, wie erglühten ihre Wangen, war es doch, als ob das Morgenroth sich auf ihnen spiegele.

Hand in Hand geleitete sie Bayard nach ihrem Pferde, hob sie hinauf, schwang sich selbst dann auf den Rappen, und dahin sprengten die beiden Glücklichen, von Guido gefolgt, auf dem hohen Ufer an dem Strome hinab.

Die Morgenluft wehte ihnen erfrischend und stärkend entgegen, die graziösen Silberreiher und die purpurrothen Flamingos schwärmten zu Hunderten über dem Ufer und hoch in der Luft über den Reitenden, und badeten ihr glänzendes Gefieder in der aufsteigenden Sonne, die jetzt ihr erstes Strahlenlicht über den Wald her auf Land und Strom warf, und die schweren Thauperlen an den üppigen Pflanzen auf dem Ufer wie Brillanten blitzen und funkeln ließ.

Unsre Liebe gleicht diesem Morgen, Adeline, hub

Bayard in seiner glücklichen Begeisterung an, Alles lacht der neuen Sonne heiter entgegen, Alles fühlt sich neu belebt und beglückt in ihrem Lichte, und schmückt sich mit ihrem Gold, ihren Juwelen. Wird der Mittag unsrer Liebe auch so schwül und beängstigend werden, wie der am heutigen Tage?

Und wenn er es wird, so wollen wir treulich und muthig zusammen tragen, was er uns auch bringt, antwortete Adeline mit seelenvollem Blick nach dem Geliebten, der Abend wird uns für alle Sorge, alle Mühseligkeiten entschädigen.

Noch aber lacht uns der Morgen — o, geliebte Adeline, wie machst Du mich so namenlos glücklich, fuhr Bayard tief bewegt fort, und reichte der Geliebten seine Hand, welche sie mit wonnigem Lächeln ergriff und sagte:

Es ist ja nur der Wiederschein meines eignen Glücks, welcher in Deine Seele dringt.

Dabei galoppirten sie, den erfrischenden Seewind athmend, fröhlich dahin bis wo der hohe Wald sich an den Fluß heranzog, und der Weg sich zwischen seinen Riesenstämmen hineinwand.

Jetzt fielen die Rosse in Schritt, Bayard lenkte den Rappen dicht an die Seite des Schimmels, und nahm Adelinens Hand in die seinige.

Wie war der Wald so prächtig, so erfrischt von dem Thau, der an jedem Blatt, jeder Blüthe hing, und wie funkelten und blitzten die einzelnen Sonnenstrahlen, die sich durch die hohen dichten Laubmassen stahlen, auf den glatten Stämmen, auf den thaubedeckten Blättern und Gräsern; und wie jubelten die Vögel einander ihre Morgengrüße zu!

Der ganze Wald war belebt, Schaaren von glänzend buntgefiederten Papagaien schossen lustig schreiend durch das grüne Laubgewölbe hin, die feurig rothen Kardinale schwebten wie glühende Kohlen von Baum zu Baum, die Kolibris schwirrten gleich fliegenden Diamanten durch die Luft und von Blume zu Blume, und riesige Schmetterlinge mit Gold und

Purpur auf ihren Flügeln, flatterten wie im Morgentanz spielend umher.

Bayard's und Adelinen's Blicke hingen an Allem mit Entzücken und Bewunderung, der Schmuck der Natur spiegelte sich auch als Schmuck in ihren Seelen, und erhob sie begeistert über das Gewöhnliche, das Alltägliche des Lebens.

So in dem Gefühl hohen Glücks zogen sie langsam durch den grünen Laubpalast dahin, bis der Weg wieder dessen Saum erreichte, wo der Eingang mit Fahnen von grauem Moos überhangen war.

Beide mußten sich tief auf die Hälse ihrer Pferde bücken, um unter dem Moos hindurchzukommen, und als sie in das Freie hinaus gelangten, und Adeline sich aufrichtete und ihren Federhut fest auf den Kopf drückte, sagte Bayard, seinen entzückten Blick auf sie heftend:

Wie bist Du so schön, Adeline, und wie spiegelt sich Deine Seele so klar und wahr auf Deinem lieben Antlitz!

Bester Hugo, zum ersten Male in meinem
Leben macht es mir Freude, daß ich schön gefunden
werde — o wäre ich doch noch viel schöner Dir zu
Gefallen, Du mein Geliebter, antwortete Adeline mit
freudigem Blick auf Bayard, und setzte lächelnd noch
hinzu:

Du aber bist als Mann noch tausend Mal
schöner!

Nun müssen wir eilen, damit wir zum Frühstück
nicht zu spät kommen, denn Cillena muß mir noch
mein Haar ordnen. Heute früh konnte ich ihr dazu
die Zeit nicht geben, die Sehnsucht nach Dir trieb
mich fort aus dem Zimmer, sagte Adeline, setzte ihr
Pferd in flüchtigen Galopp, und sprengte mit Bayard
der Plantage zu.

Die erste Glocke zum Frühstück ertönte, als
Bayard die Geliebte von ihrem Roß hob, und sie
unter die Veranda geleitete.

Mit allem Zauber ihrer Lieblichkeit dankte sie
ihm für die Freude, die er ihr geschaffen, drückte ihm

die Hand, und eilte nach ihrem Zimmer, wo sie Olympia noch bei ihrer Toilette beschäftigt fand.

Es war wunderbar schön draußen, sagte sie zu der Schwester, die ihr Heute keinen Scherz entgegen rief, sondern erst nach wenigen Augenblicken antwortete.

Hast Du wohl daran gedacht, was ich Dir Gestern vor Schlafengehen sagte, oder hast Du wieder in Deiner Schwärmerei von den Pflichten des Ehrenmannes gepredigt?

Liebe Olympia, ich bitte Dich, unterlasse es, mir Vorschriften machen zu wollen, die meinem Gefühl widerstreben, ich weiß genau, was Recht und was Unrecht ist, und weiß auch, was ich will. Ich habe Dich viel zu lieb, als daß ich Dir über Dein Thun und Handeln Vorwürfe machen möchte, obgleich ich vielmehr Ursache dazu hätte, als Du mir gegenüber.

Komm, Olympia, es soll niemals ein störender unfreundlicher Gedanke zwischen uns treten, entgegnete

Adeline mit weicher, liebevoller Stimme, legte ihren Arm um den Nacken der Schwester, und küßte sie zärtlich.

Ich bedenke sonst nur allein Dein Glück, Adeline, wenn ich Dir einen Rath gebe, diesmal aber sind wir Alle dabei betheiligt, und wie leicht könntest Du Bayard für den Süden stimmen!

Laß uns nicht mehr davon reden, beste Olympia, es wird hoffentlich gar nicht einmal nöthig werden, etwas für den Süden zu thun, denn auch Bayard meint, daß es nie zu einem Kriege unter den Amerikanern selbst kommen würde, antwortete Adeline freundlich, und setzte sich nun nieder, damit Cillena ihr das Haar ordne.

Es trat jetzt ein Schweigen zwischen den Schwestern ein, welches Adeline erst beim Ertönen der zweiten Glocke brach, indem sie sagte:

Alle Deine Sorgen und Verstimmungen wirst Du nun umsonst gehabt haben, wenn die Nachricht von der Präsidentenwahl kommt, und nicht Lincoln, sondern Breckinridge gewählt ist. Bayard glaubt sicher, daß es so sein wird.

Dabei öffnete sie die Thür, nahm Olympia bei der Hand, und verließ mit ihr das Zimmer, diese aber gab ihr keine Antwort, sie schien mit ihren Gedanken anderswo zu sein.

Derselbe ernste, erwartungsvolle Geist, wie am Abend vorher, herrschte an diesem Morgen beim Frühstück. Herr Ramière war sehr höflich, seine Gattin zuvorkommend artig, doch mit stolzen gemessenen Worten und Bewegungen, Olympia hatte nicht viel zu sagen, ihr Blick war aufgeregt und scharf, und Stauton's Stimmung erschien mit der ihrigen im Einklang.

Nur Bayard und Adeline bewahrten wie am verflossenen Abend auch jetzt wieder ihre heitere Laune, sie unterhielten sich von ihrem Ritt, scherzten und suchten wiederholt den Ernst der Andern zu verdrängen.

Die unvermeidliche Veranda nahm nach dem

Frühstück Alle wieder in ihren schützenden Schatten auf, die Unterhaltung aber stockte immer mehr, und die Aufmerksamkeit richtete sich nach dem Flusse hin, auf welchem herab der Expresse von New-Orleans kommen sollte.

Viele Dampfböte brausten heran, zogen aber sämmtlich vorüber, und es war schon nach zehn Uhr, als abermals ein solches oberhalb der Plantage auf dem Strome sichtbar wurde. Es schnaubte unter voller Kraft daher, in kurzer Entfernung aber von dem Landungsplatz ließ es plötzlich den Dampf ab, kehrte sich gegen den Strom, und setzte ein Boot aus.

Da ist die Nachricht, sagte Ramière mit einem Ton, als hinge Leben, oder Tod davon ab, sprang auf und schritt, von allen Uebrigen gefolgt, eilig dem Landungsplatz zu.

Als sie denselben erreichten, und dort in den Schatten dicht belaubter Magnolien traten, war das Boot wohl noch hundert Schritt von dem Ufer entfernt, und in seiner vorderen Spitze stand ein Mann mit einem Brief in der Hand.

Da rief Stauton demselben laut zu:

Wer ist Präsident geworden?

Lincoln — Gott verdamme ihn! schrie der Mann als Antwort herüber, und sandte noch einige gräuliche Flüche hinterher.

Lincoln! tönte es auf dem Landungsplatz fast einstimmig von aller Lippen nach.

Dann trat eine Stille ein, wie nach einem heftigen betäubenden Donnerschlag, und Alle starrten nach dem Unglücksboten hin, der nach einigen Augenblicken das Ufer erreichte und — dasselbe ersteigend, den Brief an Herrn Ramière übergab, während das Boot nach dem Dampfschiff zurückfuhr.

So ist es also Wahrheit geworden, was wir Alle befürchteten! sagte Ramière mit unheilschwerer Stimme, indem er, den Brief öffnend, den Rückweg nach dem Hause antrat, und die Andern ihm schweigend folgten.

Seit der Unabhängigkeitserklärung hatte kein so wichtiges, so bedeutsames Ereigniß in den Vereinigten Staaten stattgefunden, als die Wahl Lincoln's, und an diesem Morgen schallte die Kunde davon vom höchsten Norden bis an den Golf von Mexico, und von dem Ocean bis in den fernsten Westen über einen Flächenraum von drei Millionen Quadratmeilen. Lincoln! ertönte es allenthalben in den Vereinigten Staaten, dort mit Jubeln und Jauchzen, hier mit Flüchen und Verwünschungen.

Bis nach dem Hause zurück bewahrte Herr Ramière, sowie auch seine Begleiter das Schweigen, als sie aber unter die Veranda traten, hub der alte Herr an:

Das Schicksal der Union ist entschieden, sie bricht auseinander, Gott gebe, daß es ohne Blutvergießen geschehe!

Das Blut komme über die Nordländer! sagte Olympia heftig, und streifte mit ihrem aufflammenden Blick an Bayard vorüber.

Unangenehm überrascht sah dieser die Creolin
an, und wollte antworten, doch Abeline kam ihm mit
erzwungenem Lächeln zuvor, und sagte, bittend nach
ihm aufschauend:

Sie, Capitain Bayard, zählen nicht zu den
Nordländern, von denen meine Schwester spricht, Sie
stehen ja im Dienste der gesammten Union, und gehören darum dem Süden sowohl, wie dem Norden an.

Und Sie werden hoffentlich im Falle einer
Trennung der Union auf die Seite Ihrer Dame
treten, fiel Olympia ein, und deutete mit einem Wink
ihrer Hand auf Abelinen.

Dahin, wohin meine Pflicht mich sendet, erwiederte Bayard mit ruhigem Tone, doch augenscheinlich unangenehm berührt, und fuhr nach kurzer
Pause fort:

Auch ich finde mich in meinen Erwartungen getäuscht, denn ich hoffte, daß Lincoln nicht gewählt
werden würde; doppelt leid ist mir dies Ereigniß
aber augenblicklich, weil es mir das Glück versagt,

länger die Gaſtfreundſchaft zu genießen, die Sie mir
mit ſo großer Freundlichkeit unter Ihrem Dache ge-
währten, Herr Ramière.

Dabei verneigte er ſich gegen dieſen und deſſen
Gattin, und wandte ſeinen Blick dann nach Adelinen,
die ihn erblaßt und erſchrocken anſtarrte, und mit
den Thränen kämpfte, welche ihr in die Augen
traten.

Mein Gott, Freund Bayard, was fällt Ihnen
ein? verſetzte Stauton raſch. Ich bringe Sie nach
Charleſton, und früher, als ich mit dem Pluto dorthin gelange, brauchen auch Sie nicht dort zu ſein.

Nein, nein, unter keiner Bedingung, laſſen wir
Sie ſchon ziehen, fiel Ramière ein, Sie haben es
uns ja verſprochen, bis zur Abreiſe Ihres Freundes
uns die Freude Ihres Beſuchs zu gewähren.

Wir müßten denken, wir hätten Ihnen den
Aufenthalt bei uns nicht angenehm gemacht, wenn
Sie uns jetzt ſchon verließen, nahm Madame Ramière

das Wort, doch Bayard blieb bei seiner Erklärung, und sagte:

Von aller Freude, welche mir das Leben reichte, gab mir die kurze Zeit meines Hierseins die höchste, die unvergeßlichste, meine Pflicht aber ruft mich ohne Aufschub nach Charleston, wo meine Gegenwart vielleicht von Wichtigkeit für die Regierung sein kann. Ich werde mit dem ersten Boote, welches vorüber kommt, nach Fort Jackson zurückkehren, dort die letzten Verfügungen treffen, und vielleicht schon Morgen nach Charleston abreisen. Ich will gleich meinem Diener den Auftrag geben, das erste nahende Boot mit unserer Flagge anzurufen.

Hiermit verneigte er sich, und ging von der Veranda um das Haus nach den Nebengebäuden, wo sein Diener sich aufhielt, und als er sich entfernt hatte, hub Ramière zu Olympia gewandt, mit verweisenden Tone an:

Ich fürchte, er hat Dir Deine Bemerkung übel
9 *

genommen, und das mit Recht, man muß niemals die Rücksichten vergessen, welche man einem Gaste schuldig ist.

Außerdem, fiel Madame Ramière ein, war es unweise, denn anstatt ihn durch Freundlichkeit für unsere Sache zu gewinnen, hast Du ihn durch Deine Bemerkung nur noch mehr davon entfernt.

Er ist ein unverbesserlicher Nordländer, antwortete Olympia kalt, und fügte nach einigen Augenblicken noch hinzu:

Adeline ist ja seine Freundin, und wenn er seinen nordischen Starrsinn überhaupt zu brechen vermag, so muß sie ihn zurückhalten können.

Versuche es doch, Schwester, wer weiß, was er für Unheil gegen Charleston anrichtet, wenn er so zeitig dorthin gelangt.

Suche ihn zu überreden, daß er bis zur Abreise Capitain Stauton's hier bleibe, nahm Madame Ramière, zu Adelinen gewandt, das Wort

wieder, worauf diese die Veranda verließ, indem
sie sagte:

Wenn ihm wirklich seine Pflicht es befiehlt,
uns zu verlassen, so werde ich ihn nicht daran verhindern, hat ihn aber nur Olympia's unartige Bemerkung verdrossen, so wird er bleiben.

———————

Achtes Kapitel.

Die Abreise. Erwartung. Getäuschte Hoffnung. Große Aufregung. Süd-Carolina. Charleston. Kriegerische Bewegungen. Verlegenheit. Die beiden Forte.

Adeline war kaum an die Seite des Hauses getreten, als Bayard zurückkam, und sie erblickend, auf sie zueilte.

Ist es denn Dein Ernst, Bayard, daß Du mich schon verlassen willst, und ruft Dich wirklich Deine Pflicht von mir? fragte Adeline mit Thränen in den Augen.

Ja, Geliebte, was sonst, als meine Pflicht könnte mich dazu vermögen, Dich zu verlassen? Ich muß, ich soll so bald, als möglich in Charleston sein, ant-

wortete Bayard mit leiderfüllter Stimme, Du weißt
es ja, kein Opfer würde mir zu groß erscheinen, könnte
ich mir damit noch einige Tage in Deiner beseligenden
Nähe erkaufen!

Die Andern glaubten, Du hätteft die Bemerkung
meiner Schwester übel genommen, und wolltest uns
darum verlassen, versetzte Abeline wehmüthig.

Nein, nein, geliebtes Mädchen, um bei Dir sein
zu können, würde ich mehr, viel mehr geduldig über
mich ergehen lassen, es ist nur die eiserne Nothwendig-
keit, die mich forttreibt.

So will ich Dich nicht zurückhalten, mein Hugo,
antwortete Abeline, mit ihm in dem Garten hinschreitend, welchen Weg gehst Du denn von Fort
Jackson nach Charleston?

Ich reise über New-Orleans, und komme hier
vorüber, entgegnete Bayard.

O, dann sehe ich Dich noch einmal, nicht wahr,
Du kommst noch einmal zu mir, und wenn es auch
nur für kurze Zeit ist? fiel Abeline bittend ein.

Gewiß werde ich es thun, es gehen ja so viele Boote hinauf, daß ich hier landen und mit dem nächsten weiter fahren kann, erwiederte Bayard freudig.

So richte es so ein, daß Du Abends hier ankommst, und am folgenden Morgen weiterreisest, so viel Zeit darfst Du Deiner Pflicht schon für Deine Braut stehlen.

Wenn Du es mir erlaubst, thue ich es zu meinem eignen Glück, versetzte Bayard, und verabredete nun mit Adelinen, in welcher Weise sie später einander schreiben wollten.

Lange Zeit wandelten sie unter den schattigen Orangenbäumen, Worte der Liebe und Treue wechselnd, auf und nieder, ehe sie sich wieder nach dem Hause begaben, wo über den Beschluß Bayards abzureisen, allseitig Bedauern ausgesprochen wurde.

Bald darauf erschien auch ein Dampfboot, und hielt vor der Plantage an, Bayard verabschiedete sich bis zum morgenden Abend, und begab sich mit seinem

Diener in einem von Guido geruderten Nachen an Bord.

Adeline aber eilte durch den Garten bis an das Ende des Orangenwäldchens, wo sie den Geliebten unter unzähligen Grüßen vorüber fahren sah, und so lange ihr Auge ihn dann noch erkennen konnte, wechselte sie solche mit ihm durch Winken mit ihrem Tuche.

Die Stimmung in dem Hause Ramières war eine ganz andere, eine sehr ernste geworden, bei Tisch in Gegenwart der Sclaven redete man sehr wenig, und waren dieselben entfernt, so wurde nur von Politik gesprochen.

Adeline nahm hieran keinen Antheil, sie war still, war mit ihren Gedanken bei dem fernen Geliebten, und sehnte den folgenden Tag herbei, der ihn wieder zu ihr führen würde.

Schon am sehr frühen folgenden Morgen verließ sie ihr Ruhelager, und beim Aufsteigen der Sonne ritt sie, von Guido gefolgt, am Flusse hinab, und auf

demselben Wege, wie am Tage vorher, durch den
Wald, wo jeder Blick, den sie um sich that, ihr ein
inniges Wort, einen liebenden Blick Bayards in das
Gedächtniß zurückrief, und ihre Sehnsucht nach ihm
steigerte.

Schon vor Tisch ging sie wiederholt mit der
Hoffnung unter die Orangenbäume, daß ihr Blick
den Fluß hinab das Boot gewahren würde, auf
welchem Bayard zu ihr zurückkehre, und Nachmittags
verschmähte sie selbst die Siesta, und setzte sich in den
Pavillon, um nach dem Geliebten auszuspähen; die
Sonne aber neigte sich, und noch hatte er sich nicht
gezeigt.

An diesem Nachmittage waren nur wenige Dampfboote von See heraufgekommen, und die Stunde vor
Sonnenuntergang hatte nicht eines gebracht. Adelinens
Ungeduld wuchs von Minute zu Minute, immer
wieder begab sie sich in den Pavillon, um einen Blick
auf dem Strom hinab zu thun, doch erst als der
Tag sich neigte sah sie wieder ein Schiff heranziehen.

Ihr Auge spähte ihm entgegen, näher und näher kam der Dampfer, vergebens aber ließ sie ihr weißes Tuch hoch durch die Luft wehen, sie bekam von dem Schiff her keine Antwort. Als dasselbe sich endlich der Plantage nahte, erkannte sie oben auf dem Verdeck einen Soldaten in der Uniform der Mannschaft, welche im Fort Jackson lag; gleich darauf hemmte der Dampfer seinen Lauf, ein Boot wurde ausgesetzt, und der Soldat fuhr dem Ufer zu.

Mit fliegendem Schritt eilte Adeline nach dem Landungsplatze, um die Botschaft zu empfangen, denn es war außer Zweifel, daß Bayard den Soldaten heraufgesandt hatte. Als dieser das Ufer erstieg, zog er einen Brief aus seiner Brusttasche hervor, und sagte:

Ich soll diesen Brief von Capitain Bayard eigenhändig an Fräulein Adeline Ramière übergeben.

Ich bin es selbst, antwortete diese, ergriff mit bebender Hast das Schreiben, und öffnete es.

Das hohe Roth ihrer Wangen verblich, der Glanz ihrer Augen ermattete, eine Thräne zitterte unter ihren langen Wimpern, und ihre Hand mit dem Papier sank an ihr herab. Der Brief brachte ihr ein Lebewohl von dem Geliebten, derselbe war mit einem vorüberkommenden Dampfschiff von Fort Jackson geraden Weges nach Charleston abgereist.

Mit tiefem Herzeleid schrieb er, daß seine Pflicht es so von ihm gefordert habe, weil er durch das Schiff direct in Fort Moultry vor Charleston gelandet werde, und auf anderem Wege man ihn möglicherweise daran verhindern könne, diesen seinen Bestimmungsort zu erreichen. Das Schiff habe Provisionen für die Besatzung nach Fort Jackson gebracht, wodurch es ihm bekannt geworden sei, daß es direkt nach Charleston fahre, und so wäre ihm keine Wahl darüber geblieben, sofort mit demselben abzureisen.

Trostlos über die Härte seines Geschicks, bat er Adeline, keinen Mangel an Liebe für sie in seinem Verfahren zu sehen und keinen Vorwurf gegen ihn in ihrem Herzen aufkommen zu lassen, weil er seine Pflicht über sein Gefühl für sie gestellt habe, und

wiederholte dann die Versicherungen ewiger Liebe,
ewiger Treue, die er ihr mündlich gegeben hatte.

Der Schlag traf Adelinen schwer, für einige
Augenblicke stand sie wie erstarrt da und blickte auf
das Papier in ihrer Hand, dann aber ermannte sie
sich, trocknete ihre Thränen, und ging nach dem
Hause, wo sie die Ihrigen mit Stauton unter der
Veranda versammelt fand.

Dein Ritter läßt ja lange auf sich warten, sagte
Olympia zu Adelinen, er ist ein Nordländer, und hat
gewiß noch Geschäfte zu besorgen!

Er wird nicht zurückkommen, denn er hat sich
direct nach Charleston eingeschifft, soeben erhielt ich
einen Brief von ihm, worin er sich bei Euch Allen
entschuldigen läßt, antwortete Adeline mit fester
Stimme.

Sieh, der schlaue Yankee, so werden wir auch
bald davon hören, daß er die Festungswerke in dem
Hafen von Charleston im Interesse des Nordens ver-
stärkt, fuhr Olympia heftig fort, Adeline aber ging.

ohne darauf zu antworten, nach ihrem Zimmer, um
dort die theuren Schriftzüge Bayards wieder zu lesen,
und ihm ungestört ihre Gedanken nachsenden zu
können.

Wie ein zündender Blitz in eine Pulvermine, so
flog der Name Lincoln durch die Südstaaten Amerika's, und setzte Reich und Arm, Vornehm und
Niedrig, Alt und Jung, Mann und Weib in stürmische
Aufregung, in Wuth und Raserei.

In keinem der Sclavenstaaten aber war die
Wirkung eine so heftige, eine so zügellose, wie in Süd-
Carolina, welches seit seinem Eintritt in die Union
stets dem Norden das Widerspiel gehalten hatte, und
immer der Leiter der übrigen Sclavenstaaten gewesen war.

Seit langen Jahren hatten die politischen Führer
des Südens rastlos dahin gearbeitet, unter den
Millionen unwissenden, armen Nichtsclavenbesitzern
in den Sclavenstaaten Abneigung, Widerwillen und
Verachtung gegen die Bewohner der Nordstaaten zu

erzeugen und anzuschüren, um den Willen, das Selbst-
interesse der wenigen tausend Sclavenbesitzer durchzu-
führen und die Beschlüsse des Congresses zur Befestigung ihrer Macht ausfallen zu lassen. Sie hatten
das Souverainitätsrecht Süd-Carolina's gepredigt,
hatten dessen Bewohner als den Adel des ganzen amerikanischen Volkes bezeichnet, und die Nordländer feige,
gemeine Krämerseelen genannt, die jene um ihre Ge-
burtsrechte betrügen wollten.

Der Augenblick war erschienen, wo die lang-
jährigen Bemühungen dieser Feinde der Union Früchte
tragen sollten, und Süd-Carolina zögerte nicht einen
Augenblick nach Lincolns Erwählung, das Feuer in
das Pulverfaß zu werfen.

Die Gesetzgebung dieses kleinen Staates war versammelt, und beschloß einstimmig die sofortige Lostrennung von der Union. In Charleston kündigten
mit wenigen Ausnahmen alle Beamten der Regierung
ihren Dienst, die Bewohner der Stadt begannen, in
die Miliz einzutreten, blaue Cocarden erschienen an

den Hüten der Männer, blaue Schleifen an den Gewändern der Damen, und die Palmettoflagge, die alte Staatsflagge Süd-Carolinas, wurde auf Schiffen in dem Hafen aufgezogen.

Noch stand dieser kleine Staat allein der Union gegenüber, denn die andern Sclavenstaaten zögerten mit der Erklärung der Lostrennung von derselben, wenn sie ihm aber auch sämmtlich beitreten sollten, so zählte ihre weiße Bevölkerung doch nur fünf Millionen gegen drei und zwanzig Millionen, welche der Norden besaß.

Wie ein erdrückender Alp lag es auf den ganzen Vereinigten Staaten, Alles starrte der drohenden, unheilschweren Zukunft entgegen, Niemand wußte, was zu beginnen, Niemand konnte sagen, wie und wo sich das Gewitter entladen würde.

Alle Geschäfte stockten, die Credite wankten, und für die Schulden, welche der Norden in den Südstaaten ausstehen hatte und die sich auf mehrere Hundert Millionen beliefen, wurde Zahlung verweigert.

Nur die Ritter von Süd-Carolina wußten, was
sie wollten, was sie zu thun hatten, und warfen der
Union keck den Fehdehandschuh hin.

Charleston war der Heerd der Empörung, aus
allen Ländern des Südens strömten hervorragende
Persönlichkeiten herzu, um bei den Verhandlungen zu-
gegen zu sein, um ihren Einfluß geltend zu machen,
um selbst an Ort und Stelle zu beobachten, wie sich
die Frage der Union gegenüber entwickeln und lösen
würde.

Nie vorher hatte Charleston solches Leben, solche
Lust, solche Pracht in seinen Mauern entfaltet gesehen,
reiche Plantagenbesitzer aus Virginien, Nord-Carolina,
Georgien, Alabama, Mississippi und Louisiana waren
mit ihren Familien hereingezogen, und Festgelage,
Bälle und Belustigungen aller Art belebten die Nächte,
während die Tage mit Volksversammlungen, öffentlichen Reden, Truppenmusterungen und Paraden ver-
bracht wurden.

Die Stadt, welche sonst durch die unverhältnißmäßig große Zahl von Schwarzen auf den Fremden den Eindruck einer Niederlassung farbiger Menschen machte, glich jetzt einem Heereslager von Weißen, denn Freiwillige strömten unaufhörlich herein, um sich in die Armee des souverainen Reiches einreihen zu lassen, und der Schall von Trommeln, Pfeifen und Hörnern verhallte erst, wenn die Sonne sank.

Die Straßen wurden nicht leer, hin und her, drängte sich in wilder, gereizter Aufregung das Menschengewühl, und wie ein Blüthenregen auf tobend dahinschäumendem Bergstrome, sahen schöne Südländerinnen in reicher strahlender Toilette aus ihm hervor. Sie schienen nicht nur sich an der Aufregung zu betheiligen, sie schienen sie anzufachen, selbst zu leiten, denn Worte des Beifalls klangen von ihren schönen Lippen dem Volke zu, ihr Lächeln war Aufforderung zum Kampfe, und die Blicke ihrer dunkeln Augen blitzten wie Dolche und Bajonette.

„Tod dem Lincoln!" hörte man oft von schönem rosigem Munde ertönen, und einem Donner gleich

lief dann der Ausruf aus tausend Kehlen mit aber-
tausend Verwünschungen und Flüchen gegen den ver-
haßten Mann durch die Straßen.

So offen die Auflehnung gegen die Union aber
in Süd-Carolina auch zur Schau getragen wurde,
und obgleich man in der Gesetzgebung des Staates
bereits fest beschlossen hatte, sich von ihr zu trennen,
so war diese Erklärung doch noch nicht officiell bei
der Regierung in Washington abgegeben worden, und
noch immer hegte diese die Hoffnung, daß die übrigen
Sclavenstaaten Süd-Carolina nicht beitreten würden,
und dasselbe, alleinstehend, sich endlich der Uebermacht
fügen und der Friede in der Union dadurch erhalten
werden möchte.

In Columbia war die Gesetzgebung von Süd-
Carolina beschäftigt, Vorschläge zu einer friedlichen
Trennung an die Regierung in Washington vorzu-
bereiten, und zugleich hielt man in vielen der Nord-
staaten Volksversammlungen, um jenes Land durch
Zugeständnisse zum Verbleiben in der Union zu bewegen.

10 *

In banger Ungewißheit, in Hoffen und Fürchten verstrich der November, und auch der December nahete sich seinem Ende, da erschienen plötzlich die Abgesandten Süd-Carolina's in Washington, und überbrachten der Regierung die unwiederrufliche Erklärung, daß ihr Staat aus der Union ausgetreten sei, und bereit wäre, als selbstständiges Reich mit derselben wegen einer friedlichen Trennung zu unterhandeln.

Hiermit ging die letzte Hoffnung für den Norden verloren, die Union in Frieden fortbestehen zu sehen, und es war keinem Zweifel mehr unterworfen, daß die übrigen Sclavenstaaten dem Beispiele Süd-Carolina's bald folgen würden. Alle Geschäfte im Norden stockten, Bankerotte über Bankerotte brachen aus, Hunderttausende von Arbeitern waren brotlos, eine starre Betäubung hatte sich des Volkes sowohl, als auch der Regierung bemächtigt, und Niemand wagte es, auszudenken, wie sich diese Lebensfrage der Union lösen würde.

Mit Hohn und Triumph blickte Süd-Carolina

auf die Verlegenheit, die Rathlosigkeit und Unthätig-
keit des Nordens, und in Charleston, dem Organ des
Landes, kannte der Uebermuth, der Siegesrausch keine
Grenzen.

Diesen Uebermuth, diesen Siegesrausch aber
schienen zwei Festungswerke, die sich über dem Wasser-
spiegel in der Meeresbucht vor Charleston erhoben,
mit Geringschätzung, mit Verachtung zu beantworten,
es waren die Forte Moultrey und Sumter, welche
finster nach der Stadt blickten, und über deren ersterm
die Flagge der Union stolz im Winde flatterte.

Major Robert Anderson, der Commandant derselben, befand sich mit seiner geringen Mannschaft in
Fort Moultrey, dem schwächern der beiden Festungswerke, welches auf der kleinen Sullivan-Insel errichtet
war, und erst seit einigen Wochen wurde auch das
andere auf den Meeresgrund gebaute Fort Sumter
bewohnt, und zwar von dem Ingenieur-Capitain
Hugo Bayard, von dessen Ankunft bei Major Anderson
Niemand in Charleston etwas wußte.

Anderson selbst war als ein freundlicher, fried-
liebender, anspruchsloser Mann in der Stadt beliebt,
und hatte dort viele Freunde. Theils aus solchen
persönlichen Rücksichten, auch weil man ihn nur von
seiner freundlichen Seite kannte, und dann auch, weil
man in Washington die Forderung gestellt hatte, daß
diese Befestigung an Süd-Carolina überliefert werden
sollte, hatte man den unangenehmen Anblick der wehenden Flagge der Union ertragen, zumal da man sich
sagte, daß es nur des Wollens bedürfe, um sich in
den Besitz der beiden Forte zu setzen.

Man hatte dies Anderson auch schon oft, wenn
er in der Stadt war, zu verstehen gegeben, und er
hatte stets seine Ansicht in gleicher Weise darüber ausgesprochen, so daß Niemand von seiner Seite den ge-
ringsten Widerstand erwartete.

Neuntes Kapitel.

Der Kriegsdampfer. Grüße der Liebe. Die Unionsflagge. Der Empfang. Der spanische Creole. Der Commandant. Der Besuch.

Es war am 22. December 1860, kurz nachdem die Gesandtschaft des neuen Reiches nach Washington abgegangen war, als an dem fernen Ausgange der Bay vor Charleston über dem smaragdgrünen Meeresspiegel der Kriegsdampfer Pluto erschien, unter aufgeblähten, schneeigweißen Segeln in den Hafen steuerte, und die Flagge der Union über sich in der frischen Morgenluft wehen ließ.

Wollen Sie denn das Aushängeschild unseres aufgehobenen Compagniegeschäftes mit dem Norden

noch nicht herunternehmen, Capitain Stauton? fragte
Olympia Ramière denselben, und zeigte lachend mit
ihrem Fächer nach der Flagge hinauf.

Wir wollen erst hören, wie die Sachen stehen,
voreiliges Handeln könnte gegen unser Interesse sein,
auch wehen noch über Fort Moultrey die Farben der
Union, die ich salutiren muß, will ich mich nicht schon
offen für den Süden erklären. Erschrecken Sie nicht,
Fräulein Olympia, der Schuß wird bald fallen, entgegnete der Capitain, welcher mit der schönen Creolin
unter dem gegen die Sonne ausgespannten Leinendach
auf dem oberen Verdeck des Pluto's im kühlen von
der Seeluft wohlthuend durchwogten Schatten saß, und
seinen Blick nach rechts auf die Flagge über der
Festung heftete.

Diesen Beiden gegenüber ruhten Herr und
Madame Ramière auf einem Sopha von Rohrgeflecht,
und schauten nach der Stadt Charleston hinüber, die
sich über dem fernen Rande der glänzenden Fluth im
goldenen Morgenlichte spiegelte.

Es war ein reizender Tag, wolkenrein spannte sich der azurblaue, durchsichtige Himmel über Land und Meer, der frische Wind trieb die grünen Wogen spielend vor sich hin, und auf deren schaumgekrönten Häuptern blitzte und funkelte das Sonnenlicht wie Juwelen in goldenem Diadem.

Adeline Ramière stand allein auf dem letzten Ende des Verdecks hinter dem Häuschen des Steuermanns, schaute aber nicht nach der wehenden Flagge auf Fort Moultrey, sie hielt ihren Blick nach links auf Fort Sumter geheftet, welches wie ein riesiges Felsstück aus der See emporragte.

Leise schaukelnd näherte sich der Pluto jetzt den beiden Festungswerken, um zwischen ihnen hindurch der Stadt zuzusteuern, und kaum hatte er Fort Moultrey an seiner rechten Seite, als er demselben seinen Ge-schützdonnergruß zuschickte, der sofort aus dem Fort erwiedert wurde.

Adeline sandte ihre Grüße ungehört, ungesehen nach der andern Seite, nach Fort Sumter hinüber, welches anscheinend leer und verlassen von der See umspühlt wurde, das Auge der Liebe aber erkannte den Geliebten in einer der Kanonenöffnungen, aus welcher Bayard ein weißes Tuch hervorwehen ließ.

Auf und nieder flatterte das Batisttuch in Adelinens Hand dem geliebten Manne entgegen, mit ihrem Fächer winkte sie ihm ihre Grüße zu, und wieder und wieder breitete sie sehnsüchtig ihre Arme nach ihm aus.

O, hätte sie auf den Flügeln der Möve hin- überschweben können! So aber nahm der Pluto sie mit sich fort, und nur ihr Blick, ihre Seele konnten den Geliebten erreichen.

Weiter und weiter strich der mächtige Dampfer durch die vor ihm aufschäumenden Wellen dahin, und sehnsüchtiger hing Adelinens Auge an dem wehenden weißen Tuche in der dunkeln Mauer von Fort Sumter, bis es in der duftigen Ferne ihrem Blick entschwand, und sie nur im Geiste noch den sie grüßenden Ge- liebten vor sich sah.

Da schallte Hörnerklang und Trommelwirbel von der Stadt herüber, und weckte Adelinen aus ihren wonnigen Träumen, wie schlug ihr Herz so hoch, wie brannten ihre Wangen, wie freudig strahlten ihre Augen — bald, bald sollte sie ihren Hugo wiedersehen!

Noch einen Blick sandte sie nach Fort Sumter hinüber, und eilte dann zu den Ihrigen, deren ganze Aufmerksamkeit auf die Stadt gerichtet war, von wo das kriegerische Leben sich von Minute zu Minute deutlicher zu erkennen gab.

Sehen Sie die Palmettoflagge über den Schiffen wehen, Capitain? hub Olympia begeistert an, und zeigte nach dem Werfte hin, dem der Pluto jetzt zusteuerte.

Auf den Schiffen, ja, doch auf dem Zollhause hat man sie noch nicht aufgezogen, wenn auch die der Union herunter genommen ist, antwortete Stauton, so war es doch gut, daß ich meine Flagge oben ließ und Fort Moultrey salutirte; wir werden nun gleich erfahren, wie unsere Angelegenheiten stehen.

Bei Annäherung des Kriegsdampfers füllte sich
das Werft schnell mit dichten Massen von Menschen
aus allen Klassen der Gesellschaft, Alle drängten sich
herzu, um das Fahrzeug zu schauen, und Aller Blicke
waren mißtrauisch und trotzig auf dasselbe und auf
die über ihm wehende Flagge der Union gerichtet; doch
lag ein dumpfes Schweigen auf der Volksmasse, als
warte man auf die Beantwortung einer ernsten
Frage.

Jetzt hatte das Schiff bis auf nicht große Ent-
fernung das Werft erreicht, sein Anker fiel in die
Fluth, und die stolz über ihm wehende Flagge der
Union sank auf sein Verdeck herab.

Kaum sah die Menge auf dem Werfte die Flagge
sinken, als es wie ein Sturm aus ihr hervorbrach,
Hurrah für Capitain Stauton, Hurrah für den Pluto,
schrie es aus tausend Kehlen, Tücher und Hüte wurden
durch die Luft geschwenkt, und der Jubel, das
Jauchzen wollte kein Ende nehmen.

Hören Sie, Capitain, wie man Sie feiert, wie

man Sie als treuen Sohn ihres Vaterlandes ehrt
und Sie bewillkommnet? sagte Olympia zu Stauton,
als die Hurrahs vom Lande her zu ihnen herüber-
schallten.

Hätte ich eine Palmettoflagge an Bord, so würde
ich sie aufziehen, antwortete der Capitain, begeistert
nach der Volksmenge hinüberblickend, und winkte ihr
mit der Hand seine Grüße zu, während Olympia ihr
Tuch hoch durch die Luft schwang.

Ein großes Boot und die Treppe waren bereits
vom Schiffe auf das Wasser hinabgelassen, Capitain
Stauton führte Olympia hinunter, einer seiner Officiere
geleitete Adeline hinab, und Herr Ramière folgte mit
seiner Gattin nach.

Nachdem Alle in dem Boote Platz genommen
hatten, griff die Mannschaft in die Ruder, und unter
stürmischen Hurrahs von dem Werfte her glitt das
Boot eilig demselben zu.

Nach wenigen Minuten war der Landungsplatz
erreicht, Capitain Stauton führte seine schöne Gefährtin

zuerst hinauf, und die Menge verstummte und wich zur Seite, da richtete sich Olympia zu ihrer vollen Größe empor, hob ihren schneeigen Arm mit dem Batisttuch in die Höhe, und rief mit lauter Stimme:

Hurrah für die Republik Süd-Carolina!

Einem Erdbeben gleich donnerte derselbe Ruf als Antwort aus dem Volksgewühl hervor, und der Name Olympia Ramière tönte in tausend Stimmen dazwischen.

Zugleich wurde von der Straße her für einen Mann Platz gemacht, der die Angekommenen zu erreichen suchte, und nun grüßend auf sie zueilte. Er war Don Francisco Artega, der Bruder von Madame Ramière, einer der reichsten und angesehensten Männer der Stadt.

Seine ganze Erscheinung bekundete seine spanische Abkunft. Er war eine große hagere Gestalt mit edel geformten Gesichtszügen, tief schwarzen finstern Augen und schwarzem, schon viel mit Grau, gemischtem Haar.

Mit den freundlichsten Worten, doch gemessenem
Ernste auf seinen Zügen bewillkommnete er Ramièrens,
ließ. sich dann Capitain Stauton vorstellen, lud ihn
ein, sein Haus zu seiner Heimath zu machen, und
geleitete darauf seine Gäste nach seinem Wagen, der
vor der prächtigen Häuserreihe hinter der schattigen
Ulmenallee in der Straße harrte. Dort war er seiner
Schwester und deren Töchtern behülflich, einzusteigen,
und folgte, als der Wagen davon fuhr, mit Ramière
und Stauton zu Fuß nach seiner Wohnung.

Wenn ich es auch nicht anders von Ihnen,
einem geborenen Süd-Caroliner erwartet habe, Capitain Stauton, so hat es mich doch freudig ergriffen,
als ich die Unionsflagge auf Ihrem Schiffe herab-
sinken sah, hub Artega im Dahinschreiten unter den
dichtbelaubten Bäumen an, und machte eine leichte
Verbeugung, unsere Sache steht gut, und die Regierung
in Washington muß sich unsern Vorschlägen für eine
friedliche Trennung fügen, denn sämmtliche Sclavenstaaten werden uns beitreten. So werden wir endlich

unabhängig von der eigennützigen Politik der nordischen
Fabrikherren, unsere Grenzen fremden Fabrikaten
öffnen und in unserm Lande Gesetze nach unserm
eignen Gutdünken geben können.

Wie kommt es aber, daß hier in dem Hafen
von Charleston über Fort Moultrey noch die Flagge
der Union weht? versetzte Stauton.

Weil wir keinen Schritt zu offner Feindseligkeit
thun wollen, bis unseren Abgesandten in Washington,
unter denen sich auch mein Sohn befindet, eine entscheidende Antwort auf unsere Vorschläge und Forde-
rungen gegeben ist. Es liegt ja jeden Augenblick in
unserer Macht, Fort Moultrey zu nehmen, da es ein
schwaches Werk ist, und die Besatzung aus nur vielleicht sechszig waffenkundigen Männern besteht.

Außerdem ist der Commandant, Major Anderson
ein friedlicher Mann, selbst in einem Sclavenstaat
geboren, und wird sich uns keinen Augenblick widersetzen, wenn wir die Uebergabe der Forte von ihm
verlangen.

Das möchte noch die Frage sein, denn Capitain Bayard, welcher sich seit vorigem Monat bei ihm befindet, ist ein fanatischer Unionsmann, und wird Alles aufbieten, um die Forte der Regierung zu erhalten, antwortete Stauton.

Kapitain Bayard sagen Sie, fiel Artega ein, derselbe, welcher die Befestigungen am Mississippi gebaut hat? Wir haben noch Nichts von ihm gesehen, obgleich Major Anderson und seine Officiere sehr häufig in die Stadt kommen. Anderson war noch vor wenigen Tagen bei mir zum Essen, hat aber nie ein Wort über Bayard fallen lassen.

So wird dieser wohl im Stillen das Fort Moultrey besser befestigen, versetzte Ramière.

Das würde vergebene Mühe sein, denn während der langen Friedensjahre ist auf der Insel so nahe bei dem Fort ein Städtchen entstanden, daß man aus dessen Häusern die Kanoniere mit Pistolen von den Geschützen wegschießen könnte, antwortete Artega, und fügte nach kurzer Pause noch hinzu: Nein, nein, und wenn noch zehn Bayards sich dort einquartirten, so könnten sie Fort Moultrey nicht fest machen. Und geschähe es wirklich, so würden wir in Fort Sumter einrücken, und von dort aus Moultrey sofort vernichten.

Während Artega nun mit seinen beiden Gästen seinem prächtigen Wohnsitz zuschritt, der außerhalb der Stadt auf dem Ufer des Ashleyflusses lag, erreichte Capitain Bayard in einem Boote die Sullivan-Insel, auf welcher Fort Moultrey stand.

Er trug einen Anzug von grauem Leinen, und einen Strohhut, und wurde von den Leuten, die an dem Strande beschäftigt waren, nicht beachtet. Nachdem er sein Boot befestigt hatte, eilte er in das Fort, wo die vor dem Eingange auf und abgehende Schildwache ihn auch nicht zu bemerken schien, obgleich schon seit einiger Zeit Niemand unangemeldet eintreten durfte.

Einige Augenblicke später trat Bayard zu Major Anderson in dessen Zimmer, und dieser schritt ihm entgegen, reichte ihm zum Gruß die Hand hin, und sagte:

Ihr Urtheil über Capitain Stauton ist leider richtig gewesen, der Schurke hat, als er vor der Stadt vor Anker ging, die Unionsflagge von seinem Schiffe entfernt, und ist von dem Volke mit Jubel empfangen worden. Der Pluto ist für uns verloren.

Also hat er den Verrath schon begangen? versetzte Bayard entrüstet, ich habe mich in Sumter nicht so lange aufgehalten, um seine Ankunft vor der Stadt mit dem Fernglas zu beobachten, denn ich wollte Ihnen schnell die Nachricht bringen, daß Ramièrens mit ihm gekommen sind.

Nun ist aus meinem Hiersein kein Geheimniß mehr zu machen, und ich will mich nach der Stadt begeben, um meine Braut zu sehen. Vielleicht höre ich auch Dies, oder Jenes, was uns interessirt.

So werde ich mit Ihnen fahren, denn in meinen sorglosen Besuchen sehen die Leute eine Bürgschaft dafür, daß ich niemals feindlich gegen sie auftreten

11*

werde, antwortete der Major, wenn sie wißten, daß wir Fort Sumter so in Stand gesetzt haben und in wenigen Tagen in daselbe übersiedeln wollen, würden sie uns wohl freies Quartier in der Stadt geben, und uns nicht wieder hierher zurückkehren lassen.

Der Artilleriemajor Robert Anderson war ein Mann zwischen fünfzig und sechszig Jahren, einfach und anspruchslos in seinem Wesen, und mit Gutmüthigkeit und Freundlichkeit auf seinem glatt rasirten Antlitz.

Im Jahre 1825 wurde er in der Militairschule zu Westpoint mit Ehren zum Officier ernannt, in dem Floridakrieg zeichnete er sich durch seine Umsicht und Bravour aus, und namentlich verdiente er sich Lorbeeren in dem Kriege mit Mexico, wo er bei dem Sturm auf El Molino del Rey schwer verwundet wurde. Seine Untergebenen ehrten und liebten ihn, und erfüllten freudig seine Wünsche, wie strengsten Befehle.

Nach einigen Augenblicken fuhr er fort:

Ich muß auch einen Brief an die Regierung in Washington zur Post befördern, worin ich ihr mein Vorhaben anzeige und um schleunige Verstärkung und Ausrüstung bitte, denn auch in Fort Sumter können wir uns nicht lange halten, wenn wir nicht mehr Mannschaft und die nöthige Munition erhalten. Ich sende den Brief an einen Freund in Baltimore zur Beförderung.

Haben Sie denn auch den Verrath Stautons angezeigt? fragte Bayard heftig.

Freilich habe ich es gethan, entgegnete Anderson, übrigens, wenn wir ihn bei Artega treffen sollten, sein Sie vorsichtig, so daß er in Ihrem Benehmen keinen Vorwurf erkennt, es würde Mißtrauen gegen uns erwecken. Wir müssen sie in ihrer dummen Sorglosigkeit erhalten, bis wir glücklich in Fort Sumter eingezogen sind.

Anderson ließ nun sein Boot bereit machen, gab einem seiner Capitaine Befehl, was während seiner Abwesenheit geschehen solle, empfahl alle Vorsicht, und bestieg dann mit Bayard sein Segelboot, welches auch bei Mangel an Wind durch die Mannschaft gerudert werden konnte.

Die Luft zog aber frisch von Nord-West heran, so daß das leichte scharfe Fahrzeug unter aufgeblähtem Segel pfeilschnell über die Wogen hinauf und hinab dahinschoß, und nach einer Viertelstunde um den vordern Theil der Stadt und in den Ashleyfluß hinauf segelte.

Die Besitzung des Herrn Artega's lehnte sich mit ihrem prächtigen Park bis an den Fluß, der hier noch einem Arm des Meeres glich, und sank mit einer aus Stein aufgeführten hohen Brüstung bis zu dessen Fluth hinab. In einem Einschnitt in diesen Mauern führte eine breite Marmortreppe nach dem Wasser hinunter, und am Fuße derselben schaukelten sich mehrere zierliche, elegante Segel- und Ruderboote, welche zu Vergnügungsfahrten auf dem herrlichen, durchsichtig grünen weiten Gewässer dienten.

Ein künstlicher Wald mit riesigen Tropenpflanzen,

von Palmen und Bananen, krönte die Höhe über dem
abschüssigen Mauerwerk, und dehnte sich in lichter
werdenden, reizenden Gruppen, mit nordischer Vegeta-
tion durchmischt, bis zu dem Palast des Herrn Artega's
aus, welcher weit vom Flusse zurück auf einer Anhöhe
sich erhob. Dies prächtige Gebäude beherrschte die
Gegend auf weit und breit, und von seinem platten
Dache schweifte der Blick über Fort Sumter und
Fort Moultrey hinaus nach dem Ocean.

Zehntes Kapitel.

Das Wiedersehen. Auf dem Hause. Das Fernrohr. Die Einladung. Freundlicher Abschied.

Kaum hatte das Boot Andersons die letzte Landspitze vor Artegas Besitzung umsegelt, als Bayard auch schon zwischen den Fächerpalmen über der Mauer Abelinen erkannte, wie sie ihr weißes Tuch ihm verstohlen entgegen wehen ließ.

In der nächsten Minute wurde das Segel zusammengerafft, das Schiff schoß vor die Marmortreppe, und während Anderson seinen Leuten Verhaltungsbefehle gab, sprang Bayard die Stufen hinauf und seitwärts zwischen den Palmen hin in die Arme des geliebten Mädchens.

Es war ein beseligendes Wiedersehen, unter heißen, innigen Küssen hielten die Glücklichen einander am Herzen, und Freudenthränen füllten Adelinen's schöne Augen, da erstieg Major Anderson die Treppe, Bayard ergriff die Hand der Geliebten, und führte sie ihm entgegen.

Meine Braut, meine himmlische Adeline, sagte er zu dem biedern alten Kriegsmanne im Ueberfluthen seines Gefühls, und stellte ihr diesen nun als seinen treuen väterlichen Freund vor.

Anderson war sichtbarlich von Adelinen's Erscheinung überrascht, er hatte sich ein anderes Bild von ihr gedacht, und nach dem ersten augenblicklichen Erstaunen sagte er lächelnd, und mit seiner Höflichkeit:

Ich glaubte, ich würde Ursache haben, hauptsächlich der Braut meines jungen Freundes zu dessen Besitz gratuliren zu müssen, jetzt aber sehe ich, daß er es ist, dem von Ihnen Beiden das höchste Glück zu Theil wurde.

Nein, nein, Sie irren sich, Major Anderson, mir ist das schönste Loos zugefallen, entgegnete Adeline, und drückte, ehe Bayard es verhindern konnte, ihre Lippen auf dessen Rechte.

Aber, beste Adeline! sagte Bayard verlegen, und bedeckte ihre kleine Hand mit Küssen.

So ist es Recht, streitet Euch bis in Euer spätes Alter darum, wer von Euch Beiden am glücklichsten ist, fiel Anderson freudig ein, und drückte Beiden herzlich die Hand.

Verrathen Sie uns nicht, bester Freund, dem treuen Anhänger der Union wird man die edelste Perle des Südens nicht gönnen, sagte Bayard zu dem Major.

Wenn man sich auch selbst eingestehen muß, daß er ihrer werth ist. Seien Sie unbesorgt, treue Verbündete, wie wir, verrathen einander nicht, antwortete Anderson, indem er an Adelinen's andere Seite trat, und so schritten sie auf den Schlangenwegen dem Hause zu, während Adeline ihre Begleiter mit eiligen Worten von Allem unterrichtete, was ihnen zu wissen nöthig war.

Als sie die hohe weiße Marmortreppe vor dem Hause erstiegen hatten, und in den geräumigen Corridor eintraten, kam ihnen Herr Artega mit großer Freundlichkeit entgegen, bewillkommnete Anderson auf's Zuvorkommendste, und dieser stellte ihm seinen Freund, Capitain Bayard vor.

Auch ihn hieß Artega mit vieler Artigkeit willkommen unter seinem Dache, und geleitete seine Gäste nun nach dem Parlour, wo seine Gattin, eine zierliche Havanneserin, sie freundlich empfing, und Ramièrens, so wie auch Stauton sie ebenso begrüßten.

Wir danken Ihnen, Capitain Bayard, für das Compliment, daß unser Erscheinen hier Sie sofort aus Ihrem Incognito hervortreten ließ, hub Olympia mit einem spöttischen Lächeln an, Sie sind sicher in Fort Moultrey sehr beschäftigt gewesen?

Allerdings bedurfte dasselbe vieler Ausbesserungen,

dennoch habe ich nur Unbedeutendes von dem aus-
führen können, was ich zu thun beabsichtigte, es fehlte
mir an Allem, an Material sowohl, wie an Arbeitskräften; ich habe gethan, was ich konnte, und mit
diesem Bewußtsein bin ich zufrieden, antwortete
Bayard unbefangen.

Die Werke werden nun bald an Süd-Carolina
übergeben werden, und wollten Sie diesem Ihre
Dienste widmen, so würde es Ihnen an Material,
wie an Arbeitskräften nicht fehlen, um sie uneinnehmbar zu machen, fuhr Olympia ernster fort.

Noch hat mich mein alter Herr nicht aus seinem
Dienst entlassen, wer weiß, was geschieht! erwiederte
Bayard leicht hin, dem Herrn, dessen Brod ich esse,
diene ich.

Wenn man aber zu solchem Brod bei einem
andern Herrn auch Fleisch, Kuchen und Confekt bekommen kann, und noch süßen Dank dazu, so sollte
ich denken, müßte man den Herrn wechseln, fiel
Olympia halb scherzend ein.

Man kann sich mit so gemischter Speise auch
leicht den Magen verderben, Fräulein, entgegnete
Bayard lachend, und wandte sich dann zu Madame
Artega, und sprach sein Entzücken über die Schönheit,
die Reize ihres Wohnsitzes aus.

Sie haben Recht, es ist ein schöner Ort, der
mir meine noch schönere Heimath, mein Havanna,
ersetzt, wenn auch die Palmen fremd hier sind. Sie
haben aber noch wenig von unserm kleinen Paradies
gesehen, und müssen sich, wenn die Sonne sich neigt,
von den jungen Damen umherführen lassen, da mein
Sohn leider nicht hier ist, um Ihnen seine Dienste
als Cicerone zu widmen. Namentlich wird Sie der
Blick von dem Dache des Hauses überraschen, er ist
unvergleichlich schön.

Und wird Ihrem Auge besonders wohlthun,
wenn Sie die Flagge auf Fort Moultrey flattern
sehen, fiel Olympia beißend ein, worauf ihr Vater
ihr einen verweisenden, ernsten Blick zuwarf, und
sagte:

Deren Anblick kann auch uns nur wohlthuen, denn sie ist ein Friedenszeichen zwischen der Union und Süd-Carolina, und wird uns hoffentlich in Friede und Freundschaft verlassen.

Major Anderson, an welchen diese Bemerkung halb gerichtet war, schien sie nicht gehört zu haben, oder sie absichtlich zu überhören, denn er neigte sich zu Adelinen hin, und redete eifrig zu ihr.

Es wurde nun nicht wieder von Politik geredet, und auch Olympia unterließ es, Anspielungen darauf zu machen, wenn gleich man es ihr oft ansehen konnte, daß ihr solche auf den Lippen schwebten.

Während des Mittagsessens saß Adeline zwischen Bayard und Anderson, welcher Letztere Madame Artega zur Tafel geführt und neben ihr Platz genommen hatte. Die Unterhaltung war sehr heiter, und statt des Toastes auf das Wohl des neuen Reiches Süd-Carolina, welchen Olympia so gern ausgebracht hätte, ließ Herr Artega auf dauernden Frieden

zwischen den Nord- und Südstaaten Amerika's die
Gläser leeren.

Man verweilte lange bei Tisch, denn es war
kühl und luftig in dem prächtigen Saal, und als die
Damen sich endlich erhoben und sich verabschiedeten,
blieben die Männer noch bei dem alten köstlichen
Madeira und den feinen Cigarren, womit Herr
Artega seine Gäste bewirthete, zusammen sitzen.

Der Wind hatte sich erhoben und zog erfrischend
von dem Ocean herüber, als die Herren den Speisesaal
verließen und hinaus unter die grün umrankte Veranda
traten, wo die Damen, sich in Schaukelstühlen wiegend,
ihrer bereits harrten.

Die Sonne versank, der kühle Schatten des
Abends hatte sich über den Park ausgebreitet, und
Olympia schlug eine Promenade nach dem Flusse vor,
wozu auch Adeline sich bereit erklärte. Von Stauton
und Bayard begleitet, wandelten die Schwestern davon,
während Major Anderson mit den beiden Ehepaaren
Artega und Ramière unter der Veranda zurückblieb.

Meine Schwester wird auf dem Wasser fahren
wollen, sagte Adeline zu Bayard, indem sie Olympia
und Stauton in kurzer Entfernung auf dem saubern
Wege durch den Park folgten; laß uns aber zurück-
bleiben, ich möchte Dich gern auf das Dach des
Hauses führen, um Dir zu zeigen, daß ich von dort
mit dem Fernglas Dich, meinen Liebling, in Fort
Sumter sehen kann.

Und welcher Trost, welches Glück wird es für
mich sein, Dich, Du mein Leben, mit meinem Blick
umfangen zu können, wenn jede Möglichkeit uns erst
genommen ist, zu einander zu kommen, antwortete
Bayard, die Hand der Geliebten in der seinigen
haltend.

Noch gebe ich die Hoffnung nicht auf, Hugo,
daß die Trennung von der Union in Frieden geschehe,
und daß man die Festungen an Carolina abtrete, fuhr
Adeline fort.

Nein, nein, süßer Engel, das wird nimmer der
Fall werden, und der Anblick unserer Flagge über

Fort Sumter wird den Rebellen eine willkommene Gelegenheit sein, ihren Kriegsgelüsten freien Lauf zu lassen, antwortete Bayard, und fuhr betrübten Tones fort.

Ich bin mit meinen Arbeiten in Sumter schon so weit gediehen, daß wir in wenigen Tagen dorthin übersiedeln werden, und dann fürchte ich, daß es kaum noch möglich sein wird, zu Dir zu gelangen.

Ach, wenn Du kannst, so halte Anderson noch so lange in Moultrey zurück, bis die Antwort von Washington hier ist, wer weiß, sie fällt doch wohl günstig aus, sagte Adeline mit bittendem Tone, und schlang ihren Arm in den des Geliebten.

Dann möchte es mit unserm Ueberzug zu spät werden, zumal jetzt, wo der Pluto hier im Hafen liegt; denn Stauton würde uns nicht aus Fort Moultrey herauslassen, entgegnete Bayard, und so ihre nächste Zukunft beredend, erreichten sie kurz nach Olympia und Stauton die Treppe, welche zum Flusse hinabführte.

Das Wasser ist so ruhig, und der Abend so reizend, wie wäre es, wenn wir uns von unsern ritterlichen Begleitern ein wenig hinausrudern ließen? Wir können ja die beiden kleinen Ruderboote nehmen und einen Wettlauf zusammen halten, sagte Olympia, sich nach ihrer Schwester und Bayard umwendend.

Ich habe Capitain Bayard versprochen, ihm die Aussicht von dem Dache des Hauses zu zeigen, und dazu bleibt uns nicht viel Zeit mehr, ehe die Dämmerung hereinbricht, antwortete Adeline ablehnend.

Viel Vergnügen dann, versetzte Olympia, wie wenn sie auf diese Antwort gerechnet hätte, kommen Sie, Capitain Stauton, Sie entgehen Ihrem Schicksal nicht.

Dabei winkte sie Adelinen und Bayard mit dem Fächer zu, glitt die Treppe hinab und in das Boot, Stauton nahm ihr gegenüber Platz in demselben, und mit leichten, kräftigen Ruderschlägen trieb er das Schiffchen über die spielenden Wellen davon.

Adeline nahm wieder den Arm des Geliebten, schmiegte sich glücklich bewegt an seine Seite, und wandelte mit ihm unter den Palmen an der äußersten Grenze des Parkes hin, so daß sie das Haus von der anderen Seite erreichten. Schnell traten sie ein, eilten die Treppen hinauf, bis zu der Fallthür, welche auf das Dach führte, Adeline nahm dort aus einem Schränkchen in der Wand ein Fernglas hervor, und folgte Bayard, welcher die Thür geöffnet hatte, auf das mit Zink bedeckte platte Dach.

Mein Hugo, hab ich Dich wieder! sagte Adeline sich in Bayard's Arme werfend und seine Lippen auf den ihrigen empfangend, o brauchten wir uns doch jetzt schon nicht wieder zu trennen!

Bald, bald, meine Adeline, bald ziehst Du mit mir nach Norden, auch dort ist es schön, und meine Liebe soll Dir Alles ersetzen, was Du Theueres im Süden zurückläſſeſt, antwortete Bayard, und schloß das geliebte Mädchen wieder und wieder an sein Herz.

12*

Der Himmel prangte in seinen prächtigsten Farben, sein Feuer spiegelte sich glühend auf dem dunkeln Meere, über die Küsten und über das Land im Westen zog der Purpurhauch des Abends, und die kühle Luft spielte in den seidenweichen Locken der schönen Creolin.

Arm in Arm war sie mit Bayard an das steinerne Geländer, welches das Dach umgab, vorgetreten, und sagte, ihre Hand über dasselbe ausstreckend:

Siehst Du dort Deine Flagge wehen? Ich kann sie mit bloßen Augen erkennen.

Im Winde flatternd hob sich die große wehende Fahne über Fort Moultrey dunkel gegen die lichte Ferne über dem Ocean ab, und weiter rechts näher zur Stadt sah Fort Sumter wie ein schwarzer Felsen aus dem Meerbusen hervor, der von beiden Seiten in weitem Bogen von flachen Küsten eingeschlossen war.

Gieb mir das Glas, und laß mich sehen, ob es

deutlich zeigt, auf diese Entfernung mußt Du, wenn es gut ist, mir die Worte von den Lippen lesen können, versetzte Bayard, nahm das Fernglas, und stellte es schnell.

Einige Augenblicke sah er hindurch nach Fort Sumter hinüber, und sagte dann mit freudigem Tone:

Es ist vortrefflich, und wird uns im Falle der Noth als treuer Liebesbote dienen. Sieh hindurch, Herzensmädchen, in der zweiten Geschützöffnung von Links will ich immer Deines Blickes harren.

Adeline hob nun das Fernglas vor ihr Auge, schaute nach dem Fort hinüber, und sagte:

Ja, ja, ich kann jeden Riß in dem Gestein erkennen — o Du mußt Morgen früh von dort zu mir herüber sehen, damit ich Dir meinen Morgengruß zusenden kann!

Um wie viel Uhr? fragte Bayard freudestrahlend.

Um sieben will ich Dich erwarten, antwortete Adeline schnell, und fügte dann noch bittend hinzu:

Aber Morgen Abend mußt Du wieder hierherkommen, so lange es noch ohne Gefahr geschehen kann, darfst Du keinen Abend mir fern bleiben. Du bist meinem Onkel willkommen, und Dein Erscheinen hier macht die Leute noch sicherer darüber, daß Ihr ruhig im Fort Moultrey bleiben werdet. Nicht wahr, Du kommst?

Unfehlbar, Du gutes, geliebtes Mädchen, aber auch später, wenn es mit Gefahr verbunden sein sollte, werde ich zu Dir kommen, so lange es noch eine Möglichkeit giebt, Dich zu erreichen, antwortete Bayard, schlang seinen Arm um Adelinen's Schulter, und ruhte sich mit ihr auf der Brüstung des Geländers.

Die Nacht nahete mit schnellem Fluge, die Küsten verschwammen, und auf dem dunkeln Meer lag der Wiederschein des jetzt blutrothen Himmels, da stieg die glühende Scheibe des Mondes über dem fernen

Horizont des Oceans empor, warf ihr glänzendes
Licht über die See und zeigte Fort Sumter wie eine
schwarze Silhouette auf silbernem Grund.

Unter trautem, beglückendem Plaudern verstrich
den Liebenden die Stunde, und das Mondlicht lag mit
Tageshelle auf der Gegend, als Bayard sagte:

Es ist aber Zeit, daß wir hinunter gehen, Deine
Schwester und Stauton sind vielleicht schon zurückgekehrt, und Anderson wird wohl bald aufbrechen
wollen.

Dabei führte er die Geliebte nach der Treppe,
legte das Fernrohr wieder in den Wandschrank, und
trat nach einigen Minuten mit Adeline aus dem
Hause unter die Veranda in dem Augenblick, als
auch Olympia mit Stauton dort anlangte.

Sie waren auf dem Dache, Capitain? wandte
sich Artega zu Bayard, wie hat es Ihnen dort gefallen?

Es ist über alle Beschreibung schön, und mit

Recht nannte Madame Artega Ihre Besitzung
ein kleines Paradies, entgegnete Bayard mit Begeisterung.

Wir müssen dies Paradies aber jetzt verlassen,
und uns wieder auf unsere Erde zurückbegeben, nahm
Anderson das Wort, indem er sich erhob, meine Leute
werden schon in meinem Boote auf uns warten.

O nein, Sie müssen zum Thee bei uns bleiben,
wir lassen Sie noch nicht fort, fiel Madame Artega
dem Major in das Wort, und auch ihr Gemahl,
sowie Ramièrens baten ihn, noch zu verweilen, er
aber ließ sich nicht erbitten, und sagte scherzend:

Ich darf nicht so lange aus dem Fort entfernt
bleiben, man könnte es ja unterdessen einnehmen und
mir meine Flagge rauben; was würde man in
Washington zu einem solchen Commandanten sagen?

Nun, wenn Sie sich denn nicht halten lassen
wollen, so versprechen Sie uns, daß Sie uns recht
bald wieder mit Ihrem Besuch erfreuen werden, sagte
Madame Artega.

Vor allen Dingen aber sind Sie und Capitain Bayard für den ersten Weihnachtstag freundlichst bei mir zu Tisch geladen, und ich rechne auf die Er= füllung meiner Bitte, nahm Artega mit großer Höf= lichkeit das Wort.

Major Anderson zögerte augenscheinlich für einige Augenblicke mit der Antwort, und sah flüchtig nach Bayard hin, dann aber sagte er mit dem vorigen scherzenden Tone:

Zu viele Arbeit in meinen Dienstgeschäften hält mich allerdings nicht ab, nur muß man so große Güte nicht mißbrauchen.

Die Güte ist auf Ihrer Seite, wenn sie uns die Freude machen, zu uns zu kommen, um Weih= nachten mit uns zu feiern, antwortete Artega mit Zuvorkommenheit, übrigens sind Sie ein für allemal täglich bei uns eingeladen, es ist für Sie Beide stets ein Platz an unserm Tische offen, und immer ein gutes Lager für Sie bereit, wenn Sie unter unserm Dache schlafen wollen.

Mein junger Freund Bayard kann unbehinderter Gebrauch von Ihrer Freundlichkeit machen, als ich, denn ich muß doch wenigstens der Form nach den Commandanten spielen, entgegnete Anderson, und verabschiedete sich nun mit dem Versprechen, wenn nicht früher, doch zum Weihnachtsfest sich wieder einzufinden.

Alle gaben jetzt dem liebenswürdigen alten Krieger das Geleit nach seinem Boote, und Adeline mit Bayard waren die letzten in dem Zuge.

Auf baldiges Wiedersehen wurde Abschied genommen, das Segel füllte sich im frischen Wind, und fort glitt das Schiffchen über die silbern glänzende Fluth.

––––––––

Elftes Kapitel.

Fort Sumter. Der Morgengruß. Das Weihnachtsfest.

Sie zögerten, die Einladung anzunehmen, sagte Bayard zu dem Major, doch bis zum Fünfundzwanzigsten werden wir nicht mit unsern Arbeiten fertig.

Allerdings, vor dem siebenundzwanzigsten können wir nicht nach Sumter hinüber ziehen, antwortete Anderson, doch mit jedem Tag mehrt sich die Gefahr, daran verhindert zu werden, wie leicht könnte man es ausfinden, daß ein Theil meiner Mannschaft mit Ihnen in Sumter lebt und dort arbeitet, und daß wir Nacht für Nacht Munition und Provisionen hinüberschaffen.

Freilich, dann wäre alle Mühe und Arbeit umsonst gewesen, sagte Bayard.

Und doch, folge ich der Einladung nicht, so muß
es Verdacht erwecken, fuhr Anderson fort, denn welcher
Grund könnte mich abhalten? Wir wollen es wagen,
der Himmel wird ja die Flagge der Union in seinen
Schutz nehmen!

Während die beiden Officiere sich leise unter
einander unterhielten, steuerte das Schiff auf Fort
Sumter zu, und fuhr vor dessen Eingang.

Bayard sprang behend hinaus auf die Treppe,
und sagte:

Senden Sie mir denn in dieser Nacht noch eine
Ladung?

Wo möglich noch zwei, antwortete Anderson,
und fügte, während das Boot wieder abstieß, noch
hinzu:

Nehmen Sie sich mit Licht in Acht, damit man
den Schein davon nicht von Außen bemerke. Nun,

gute Nacht, bis Morgen — wenn Sie können, so
kommen Sie zum Essen zu mir.

Kurze Zeit, nachdem Anderson davon gefahren
war, landete ein großes Boot vor dem Eingange von
Fort Sumter, und brachte von Moultreh eine Ladung
Pulverfässer, fertige Geschützpatronen und Waffen
verschiedener Art.

Alles wurde in Empfang genommen, und nach
Mitternacht erschien noch ein zweites Boot mit einer
Ladung gesalzenen Fleisches, geräuchertem Schinken,
Schiffszwieback, Mehl und Salz, so daß fast während
der ganzen Nacht die Mannschaft im Fort Sumter
emsig beschäftigt blieb. Erst gegen Morgen legten
sich die Leute nieder, um sich zu ruhen.

Bayard hatte nur wenige Stunden geschlafen,
und der Morgen warf sein junges Licht über Charleston, als er aufsprang, das Fernrohr ergriff, und
nach der Kanonenöffnung in der Mauer des Forts
eilte, welche er Adelinen bezeichnet hatte.

Er wollte früher dort sein, als sie auf dem

Dache ihres Hauses erscheinen würde, doch als er das Glas vor sein Auge hob und hinüber blickte, winkte ihm das geliebte Mädchen auch schon ihren Morgengruß entgegen.

Tausend solcher Grüße und Liebeszeichen flogen hin und her, Adeline deutete bittend an, daß Bayard zu ihr herüber kommen möge, und dieser versprach es ihr durch Zeichen, daß er ihren Wunsch erfüllen werde.

Lange Zeit blieben ihre Blicke unter beglückendem Ausdruck ihrer Gefühle aneinander gefesselt, und schon zweimal war die Sclavin Adelinens neben ihr erschienen, um sie zum Frühstück zu rufen, als diese endlich noch einmal die Arme nach Bayard ausbreitete, noch einmal mit ihrem Tuche nach ihm hinwinkte, und dann schnell von dem Dache verschwand.

Während des Morgens war Bayard emsig beschäftigt, die in vergangener Nacht empfangenen Gegenstände in die dafür bestimmten Räumlichkeiten schaffen zu lassen, und dann bestieg er allein ein kleines Segelboot, und fuhr hinüber nach Fort Moultrey, um bei Major Anderson zu Mittag zu speisen.

Außer Anderson und Bayard befanden sich die acht Officiere, der Arzt und der Geistliche der Garnison bei Tafel, Alle treue Diener der Union und vertraute Freunde des Majors.

In der heitern Gemüthsstimmung, welche das Bewußtsein, eine ernste Pflicht treulich zu erfüllen, dem Menschen verleiht, nahmen die Kameraden das Mahl zu sich, und draußen spielten die 15 Musiker der Besatzung ihre lustigsten Weisen, während auch die 55 Artilleristen und die 30 Arbeiter sich zusammen gefunden hatten, um ihre einfache Mittagskost zu verspeisen.

Was wir in Booten nach Fort Sumter hinüberschaffen können, befindet sich nun größtentheils drüben, und die schweren, größern Massen wollen wir in der Nacht vom 26. auf den 27., wenn wir selbst dorthin übersiedeln, in Schooners hinfahren; ich habe deren drei gemiethet und sie auf jene Nacht hierherbestellt, sagte Major Anderson zu seinen Freunden und fuhr nach einigen Augenblicken des Sinnens fort:

Wenn unsre Flagge über Fort Sumter weht, werden die Rebellen in Charleston ihre ganze Wuth gegen uns kehren, und wir werden mit unsrer geringen Mannschaft einen schweren Kampf zu bestehen haben, doch unser Recht, unsre Ehre wird uns Kraft verleihen, und der Adler von Washington wird uns zu Hülfe kommen.

Wollen Sie denn wirklich Uebermorgen noch zum Mittagsessen nach der Stadt fahren, Major Anderson? fragte einer der Officiere mit besorgtem Tone.

Ich habe nach reiflicher Ueberlegung beschlossen, es zu thun, antwortete dieser, denn gerade in meinem sorglosen Erscheinen dort, wird man jeden Verdacht gegen uns ersticken.

Wenn man Sie aber dort gefangen nimmt? fragte ein Capitain Namens Foster.

So werden Sie statt meiner das Commando

übernehmen, sofort nach Fort Sumter übersiedeln, und Ihrer Stellung Ehre machen, antwortete Anderson.

Der Mittag verstrich, die Sonne begann sich zu neigen, und Bayard folgte seiner Sehnsucht, indem er sein Segelboot bestieg und nach Artega's Besitzung hinüberfuhr.

Adeline hatte ihn von dem Dache des Hauses kommen sehen und ihn begrüßt, sie empfing ihn, als er mit seinem Schiffchen vor der Treppe am Flusse landete, und nach kurzem Aufenthalt im Schatten der Palmen wandelten sie langsam nach dem Hause.

Bayard wurde mit vieler Freundlichkeit bewillkommnet, denn wenn man in ihm auch keinen Freund der neuen Republik Süd-Carolina erkannte, so war man doch sicher darüber, daß er kein thätiger Feind derselben sei, und sah ihn schon im Geiste mit der Besatzung von Fort Moultrey bei Uebergabe desselben in Frieden abziehen.

Es war an diesem Morgen auch ein Brief von

dem Sohne Artega's von Washington eingetroffen,
worin derselbe meldete, daß die Sache für Süd-
Carolina sehr gut stehe, und daß die Union ohne
Zweifel auf eine friedliche Trennung eingehen werde.

Erst spät nach dem Abendessen verabschiedete sich
Bayard, und ließ sich unter dem vollen Segel seines
Schiffchens über die im Mondlicht glänzende Fluth
nach Fort Sumter zurückschaukeln, und auch am
folgenden Tage fand er sich wieder bei Artega's ein,
und verlebte einen glücklichen Abend in Adelinens
Nähe.

Der 25. December, der erste Weihnachtstag erschien, und ehe Major Anderson mit Bayard seine
Fahrt nach der Stadt antrat, versammelte er sämmtliche Officiere um sich, und übergab Capitain Foster
das Commando mit der Weisung, das Fort Sumter
bis auf den letzten Mann zu vertheidigen, für den
Fall, daß er selbst in Charleston zurückgehalten werden
möchte.

Dann bestieg er mit Bayard das Boot, und

fuhr, statt nach Artega's Besitzung, nach der Stadt.
Dort wandelte er mit Bayard sorglosen, unbekümmerten Aeußerns durch die kriegerisch belebten
Straßen, trat bei verschiedenen Kaufleuten ein, machte
Bestellungen auf vielerlei kleine Bedürfnisse, und
wurde allenthalben freundlich begrüßt. Sehr häufig
redete man ihn an, und bei jeder solcher Gelegenheit
sprach er sich darüber aus, daß er nach einer baldigen
Entscheidung der Dinge verlange, da ihm das Unge-
wisse seiner Stellung höchst unangenehm wäre.

Nach Verlauf von einer Stunde begab er sich
dann mit Bayard nach Artega's Wohnung, wo er
mit großer Freude und Artigkeit empfangen wurde.

Er fand eine sehr zahlreiche Gesellschaft vor,
unter welcher sich die bedeutendsten Persönlichkeiten
der Stadt befanden, und welche ihm sämmtlich mit
Auszeichnung entgegen kamen.

Bei Tafel wurde nur wenig über Politik geredet und dann mit schonender Rücksicht auf die beiden
Officiere der Union, doch wurde wiederholt darauf

13 *

hingedeutet, daß man sie gern im Dienste der neuen Republik sehen würde.

Heiterkeit und Frohsinn würzte das Mahl, und unter den Fröhlichen war Anderson mit der Fröhlichste. Scherz und Witz sprudelte von seinen Lippen, und sein Glas blieb nie lange gefüllt.

Unter diesem heitern Aeußern wuchs aber mit jeder Stunde seine Unruhe, verstohlen blickte er wieder und wieder auf seine Uhr, und mancher fragende Blick schweifte von ihm nach Bayard hinüber.

Endlich erhoben sich die Damen, um die Herren ungestört ihrer heitern Weinlaune zu überlassen, und die Lichter, welche zum Anzünden der Cigarren auf die Tafel gestellt wurden, verscheuchten das schon eingetretene Düster des Abends.

Da stand Anderson auf, und sprach sein Bedauern aus, daß er die angenehme Gesellschaft schon verlassen müsse, wogegen sofort Aller Stimmen laut wurden, indem man ihn dringend bat, Heute, am

Festtage, eine Ausnahme zu machen, und noch, zu bleiben.

Anderson aber lehnte das Gesuch mit größter Artigkeit und Bedauern ab, und sagte, daß ihm seine Pflicht keine Ausnahme gestatte.

Sie sind ein Muster von einem Staatsdiener, wollte Gott, wir hätten viele Ihres Gleichen in unsern Diensten, sagte Artega, dem Major die Hand zum Abschied reichend, und Alle sprachen ihm ihr freundlichstes Lebewohl auf baldiges Wiedersehen aus.

Wenn nur unser Boot da ist! sagte Anderson zu Bayard, als sie durch den Park dem Flusse zueilten, es liegt mir wie eine böse Vorbedeutung auf der Seele.

Dabei wurden seine Schritte immer haftiger, bis er plötzlich mit halblauter Stimme ausrief:

Gottlob, da ist es!

Das Boot mit der Mannschaft lag harrend vor der Treppe, und indem Anderson mit Bayard hinein sprang, sagte er zu seinen Leuten:

Macht schnell, daß wir fortkommen!

Im nächsten Augenblick war das Segel entfaltet, der Wind blähte es auf, und das Schiff eilte den Fluß hinab und um die Stadt in die Bay hinaus.

Dem Himmel sei Dank, der Pluto liegt noch auf seinem alten Ankerplatz, hub Anderson an, und sah nach dem Dampfer hinüber, welcher in der Ferne unweit der Stadt seinen schwarzen Rumpf über der hellglänzenden Fluth erhob, es kam mir während des Essens vor, als ob Stauton mit der Schwester Ihrer Braut etwas Wichtiges berede, und als ob ich der Gegenstand ihrer Unterhaltung sei.

Das ist wohl möglich, der Gedanke aber, daß wir Fort Moultrey verlassen und nach Sumter hinüberziehen würden, ist noch nicht in ihnen aufgestiegen, antwortete Bayard ruhig.

Hätten wir es nur erst glücklich vollbracht, das Beladen der drei Schooners kann leicht bemerkt werden — es ist so hell, und wie bald würde der Pluto uns über den Hals kommen, fuhr Anderson fort. Unbegreiflich ist es mir überhaupt, daß derselbe so nahe bei der Stadt und nicht vor Moultrey vor Anker liegt.

Daran ist Stauton's Leidenschaft für Olympia Schuld, er will in ihrer Nähe sein und doch auch sein Schiff unter Augen haben, wer weiß, ob er allen seinen Officieren trauen kann, entgegnete Bayard.

Als das Schiff sich Fort Sumter näherte, sagte der Major:

Bringen Sie in dieser Nacht Ihre ganze Mannschaft herüber nach Moultrey, und verschließen Sie Sumter, wir gebrauchen Morgen sämmtliche Hände zur Arbeit.

Ich werde Ihnen die Leute bald zuschicken, selbst aber will ich in Sumter schlafen, damit es während der Nacht nicht ganz verlassen bleibt; ich komme dann Morgen zeitig zu Ihnen hinüber, antwortete Bayard, und wünschte dem Major, aus dem Schiff tretend, gute Nacht.

Bald darauf verließ die Mannschaft in zwei

großen Booten das Fort Sumter, und Bayard blieb
allein in dessen Mauern zurück, denn er mußte am
folgenden Morgen der Geliebten seine Grüße zusenden.

Kaum beleuchtete der neue Tag die Stadt, als
er schon in der Maueröffnung Adelinens harrte, und
diese ließ ihn nicht lange auf sich warten. Wieder
flogen ihre Liebeszeichen hin und her, abermals deutete
Bayard an, daß er Abends hinüberkommen werde,
und in Wonne und Glück hielten die Liebenden sich
mit ihren Blicken umfangen, bis die Sclavin Cillena
ihrem entfernten Zusammensein ein Ziel setzte, und
Adelinen abrief.

Bayard verschloß nun das Fort, und schiffte sich
eilig nach Moultrey hinüber, wo er schon Alles in
größter Thätigkeit fand, um die Vorbereitungen zum
gänzlichen Abzug zu treffen.

Sämmtliche Vorräthe wurden in die Nähe des
Ausgangs geschafft, die Kanonen wurden vernagelt,
deren Lafetten wurden in den Hof auf einen Haufen

gebracht, um verbrannt zu werden, und was man von den Befestigungen zerstören konnte, wurde niedergerissen.

Nachmittags kam ein Boot von der Stadt, und brachte die Gegenstände, welche Major Anderson am Tage vorher eingekauft hatte, und dieser ließ durch den Bootführer den Kaufleuten sagen, er werde Morgen wieder zu ihnen kommen, um noch bedeutendere Bestellungen zu machen.

In größter Aufregung und Spannung sah man der Nacht entgegen, und Anderson begrüßte freudig das Gewölk, welches den blauen Himmel überzog.

Sie werden doch hinüber zu Ihrer Braut fahren? fragte er Bayard, als der Abend kam. Es wär möglich, daß irgend Etwas geschehen wäre, oder geschehen solle, was uns interessirte.

Sobald die Sonne untergeht, will ich segeln, Adeline gibt auf Alles Acht, was vorgeht, und sie ist der Union eine treue Verbündete, wenn wir nur keinen Sturm bekommen, es könnte unsern Ueberzug nach Sumter unmöglich machen, antwortete Bayard, und fügte noch hinzu: Jedenfalls kehre ich frühzeitig zurück.

Ein steifer Wind hatte sich erhoben, und die See ging hoch, als Bayard sein Boot bestieg und das Segel entfaltete. Tief neigte sich der Mast des kleinen Schiffchens über die Fluth, und mit Pfeiles-schnelle schoß es über die schäumenden Wogen auf und nieder, doch Bayard hielt das Segel straff, und steuerte dem heftigen Winde scharf entgegen, um ohne Laviren den Aschleyfluß zu gewinnen, obgleich der Gischt der Wogen fortwährend über ihn hinsprühte.

Mit großer Anstrengung gelang es ihm, in gerader Linie den Fluß zu erreichen, in welchem er nun mit günstigerm Wind hinaufjagte und bald an der Landspitze vorüber vor Artega's Besitzung an-langte.

Adeline winkte ihm von der Mauer herab ihre Grüße zu, aber nicht wie sonst, mit heiterm jubelndem

Ausdruck, es lag Bangigkeit und Sorge auf ihren Zügen.

Du darfst nicht lange bleiben, mein Hugo, sagte das Mädchen mit bebender, angsterfüllter Stimme, und zog ihn schnell mit sich fort seitwärts dem dichten Gebüsch zu.

Was ist geschehen, Herzensengel? bat Bayard halb erschrocken.

Ich fürchte für Deine Sicherheit, fuhr sie fort, indem sie ihren Arm um ihn schlang, und sich an seine Brust schmiegte, es sind bedenkliche Nachrichten von Washington eingetroffen, wonach es heißt, daß die Regierung die Forte hier im Hafen und an unsrer ganzen Küste stark besetzen, und sie mit Munition und Lebensmitteln versorgen wolle. Darüber ist man in der Stadt in große Aufregung gerathen, und man hat beschlossen, womöglich schon Morgen Moultrey und Sumter zu überrumpeln. Wenn man Dich hier fände, so würde man Dich sicher gefangen nehmen

Du giltst für den schlimmsten Unionisten von der ganzen Besatzung.

Dann freilich muß ich schnell zurückfahren, damit ich Anderson die Nachricht bringe. In dieser Nacht ziehen wir nach Sumter hinüber, mag uns der Himmel beistehen. Sind wir einmal dort, so kann uns der ganze Süden Nichts anhaben, antwortete Bayard.

Ach, nun werden wir sobald nicht wieder zusammen sein! seufzte Adeline, und sah durch ihre Thränen zu Bayard auf.

Doch, doch, Adeline, ich komme zu Dir, und wenn die ganze Welt es verhindern wollte, entgegnete der liebende junge Mann.

Nein, nein, Du sollst Dich keiner Gefahr aussetzen, bat das Mädchen flehentlich.

Bald werden die Nächte wieder dunkel, und dann komme ich hierher, sagte Bayard entschlossen.

So laß mich Dir wenigstens mittheilen, wenn die Gefahr zu groß ist, und Du nicht kommen darfst, und zum Zeichen dafür werde ich ein schwarzes Tuch vor das Geländer auf dem Dache hängen; siehst Du aber ein rothes Tuch dort, so kannst Du kommen; Roth ist ja die Farbe der Liebe, und die soll uns beschützen, entgegnete Adeline mit seelenvoller Innigkeit.

Sei aber nicht zu bange, gutes Mädchen, ich habe eines der schnellsten Boote im Hafen, versetzte Bayard ermuthigend.

Und im Nothfall kann ich Guido mit Nachricht zu Dir senden, er wird sein Leben für uns einsetzen, fuhr Adeline fort.

Dann laß ihn nur den Posten nach Capitain Bayard fragen, darauf soll er stets empfangen werden, antwortete dieser.

Ich hörte Capitain Stanton davon reden, daß er eigentlich schon Heute mit dem Pluto nach Fort Moultrey hinunter fahren wolle, es ist aber Ball an diesem Abend, und Olympia bestand darauf, daß er sie hinführen solle. Morgen früh aber glaube ich sicher, daß er hinunterfährt.

Morgen mag er kommen, versetzte Bayard tief aufathmend, schloß nun die Geliebte inbrünstig an sein Herz, und sagte ihr Lebewohl bis auf bald möglichstes Wiedersehen.

Unter heißen Thränen geleitete ihn Adeline bis an die Treppe, noch einen Kuß, noch einen Gruß mit der Hand, und fort eilte Bayard in seinem Schiffchen nach der andern fernen Seite des Flusses, um den Wind zu gewinnen und aus demselben in die Bay hinaus zu gelangen.

Zwölftes Capitel.

Das letzte Mahl. Vorbereitungen zum Abzug. Besorgniß.
Abzug nach Fort Sumter. Die Feierlichkeit. Die Ueber-
listeten. Vorwürfe.

Kaum hatte Bayard das Schiff auf die andere
Seite gelegt, und der Wind faßte es von hinten, da
schoß es mit fliegender Eile über die hohen Wogen
auf und nieder, als wolle es sich zwischen ihnen
begraben.

Dabei hielt Bayard seinen spähenden Blick nach
der Stadt zurück gerichtet, ob kein Segel ihn ver-
folge, nirgends aber zeigte sich eine Gefahr.

Die Dämmerung war schon eingebrochen, als er

vor Moultrey landete, zu Major Anderson eilte, und ihm die erhaltenen Nachrichten überbrachte.

Das Recht soll siegen, Alles kommt uns zu Hülfe, sagte derselbe, als Bayard seinen Bericht beendet hatte. Von großer Wichtigkeit ist es mir, daß Ihre Braut den treuen Sclaven besitzt, durch ihn können wir Nachrichten erhalten.

Hierauf schritt er einmal im Zimmer auf und nieder, und fuhr dann fort:

Wir sind mit Allem fertig, um zehn Uhr werden die Schooners hier sein, und wenn der Morgen graut, weht unsere Flagge über Fort Sumter. Nun kommen Sie, wir wollen unser letztes Mahl in Moultrey verzehren.

Hiermit ergriff der Major den Arm seines jungen Freundes und begab sich mit ihm in den Speisesaal, wo die Officiere ihrer schon harrten.

Ernst, doch guten Muths nahmen die treuen Kameraden ihr Abschiedsmahl zu sich, und Major Anderson brachte in altem Madeira einen Toast auf das Wohl der Union aus, welcher mit drei donnernden Hurrahs beantwortet wurde.

Der entscheidende Augenblick nahete, alle Männer im Fort standen bereit, um Hand an die Arbeit zu legen, und mit wachsender Spannung und Ungeduld sah man dem Erscheinen der Schiffe entgegen.

Die Nacht war düster und stürmisch, und in den Häusern unweit des Fortes erloschen die Lichter.

Bald nach zehn Uhr meldete der ausgestellte Posten ein Segel, welches sich nähere, und kaum hatte dasselbe das Fort erreicht, so erschienen auch die andern beiden Schooners und legten an dem Strande an.

Sofort begann das Laden, die Mannschaft förderte die bereit gestellten Gegenstände nach den Schiffen und brachte sie in denselben unter, und die Officiere leiteten hier und dort die Arbeit. Unermüdlich wurde sie in größter Stille fortgesetzt, und es war ein Uhr, als das Letzte, was mitgenommen werden sollte, sich an Bord der Schooners befand.

Alles war zur Abfahrt bereit, Major Anderson ließ die Besatzung antreten, musterte sie selbst, und gab nun den Befehl zum Abzug. Die Mannschaft bestieg die bereit liegenden Boote, die Schooners lichteten die Segel, und fort ging es nach Fort Sumter hinüber.

Bayard war der Erste, der die Treppe vor dem Eingange erstieg und das Thor öffnete. Die Mannschaft landete, die Schooners wurden zum Entladen vor den Eingang gebracht, und ohne Ruhe, ohne Rast wurden sie geleert und die Ladungen in das Fort geschafft.

Der Morgen des 27. Decembers graute, als Major Anderson sich mit seiner geringen, treuen Mannschaft in der starken, seeumspülten Festung gegen jede augenblicklich drohende Gefahr sicher gestellt sah.

Kaum bläheten sich die Segel der Schooners zur Abfahrt, da wirbelte über Fort Moultrey eine schwarze Rauchwolke empor, und bald darauf stand die ganze Festung in einem Meer von Flammen.

Zugleich stieß ein Boot dort vom Strande ab, und die wenigen Artilleristen, welche Anderson zurück gelassen hatte, um das Fort in Brand zu stecken, ruderten nach Sumter hinüber, wo sie mit Jubel empfangen wurden.

Ein ernster, ein bedeutungsvoller Augenblick nahete — — — die Flagge der Union sollte über Fort Sumter aufgezogen werden.

In der Mitte des innern Hofraums erhob sich der Flaggenmast bis hoch über die Mauern, Anderson schritt zu demselben hin, und die Besatzung reihte sich um ihn her.

Der Geistliche trat jetzt in den Kreis, und flehte mit lautem inbrünstigem Gebet Gottes Beistand auf die um ihn versammelten Männer herab, auf daß er ihnen Kraft verleihen möchte, das Sinnbild der Union, die Flagge zu vertheidigen und zu schützen.

In frommer, heiliger Andacht waren die Krieger auf ihre Kniee niedergesunken, und stimmten im Geiste in das Gebet ein, da ertönte das hehre „Amen" des

14 *

Caplans, und Major Anderson zog die Flagge bis
an die Spitze des Mastes empor, so daß der frische
Wind sie hoch über dem Fort weit entfaltete.

Zugleich stimmte das Musikchor die National-
hymne „Heil Columbia" an, und drei donnernde
Hurrahs schallten von den Lippen der Krieger bis
weit über das Meer hinaus.

Wie wenn die Welt aus ihren Angeln gerissen
worden wäre, mit solcher Bestürzung, mit solchem
starrem Staunen schaute die Bevölkerung von Charleston
von dem Werfte aus nach dem in Rauch gehüllten
Fort Moultrey und nach der Unionsflagge über Fort
Sumter hinüber, und es dauerte lange Zeit, ehe man
sich von dem Schreck erholte, und dem Zorn, der
Wuth durch Drohen, Fluchen und Verwünschen Luft
machte.

Da saß das kleine Häuflein von Männern, welche
die verhaßte, die feindliche Union repräsentirten, und
welche man jeden Augenblick nach Belieben hätte gefangen nehmen, oder über die Grenze schicken können,

als Wächter über den Hafen der Hauptstadt, um derselben Gesetze vorzuschreiben, und verlachte die Sou-
verainität des neuen Reiches, denn ohne die Erlaubniß
von Major Anderson konnte nun kein Schiff nach
dem Ocean, oder von dort nach der Stadt gelangen.

Alles war in wildem Aufruhr, telegraphische
Depeschen flogen nach allen Richtungen, und von
Georgien, von Alabama und von Kentucky her stellte
man Süd-Carolina Truppen zur Verfügung.

Das Zollhaus, die Post, und das reich gefüllte
Arsenal, in welchen man die Beamten der Union
noch nicht abgesetzt hatte, wurden für Süd-Carolina
in Besitz genommen, und eine bewaffnete Macht ging
nach Fort Moultrey ab, um es wieder herzustellen
und gegen einen Angriff Seitens der Union zu sichern,
während zugleich auf allen öffentlichen Gebäuden die
Palmettoflagge aufgezogen wurde.

Der Tumult in den Straßen war grenzenlos,
allenthalben sammelten sich Menschenmassen, und

allenthalben hörte man Volksredner die Zerstörung
des Fortes Moultrey und die Besetzung von Fort
Sumter Seitens der Union als eine offene Kriegs-
erklärung bezeichnen, der man sofort in entsprechender
Weise antworten müsse.

Fort Sumter sollte das Ziel sein, gegen welches
diese Kriegsantwort gerichtet werde, und auf der
Morris = Insel, sowie auf der Sallivan = Insel, welche
beide dieses Fort, sowie zugleich den Eingang in die
Bay beherrschten, wollte man Batterieen errichten.

Zwischen diesen tumultuarischen Berathungen
hörte man allenthalben Bayard unter den wildesten
Verwünschungen als den Mann nennen, welcher das
hinterlistige Werk vollbracht habe.

Er war es sicher gewesen, der heimlich das Fort
Sumter in Stand gesetzt und zur Aufnahme der Besatzung hergerichtet hatte, er war es zweifelsohne
gewesen, der alle Vorbereitungen und Einrichtungen
zur Uebersiedelung der Mannschaft, der Munition und
der Lebensmittel getroffen hatte, während er seit seinem

Erscheinen in Charleston als harmloser Freund auf-getreten war. Seine Person wurde für geächtet und für vogelfrei erklärt.

Auch Major Anderson wurde ein alter Schein-heiliger, ein Betrüger, ein Schwindler genannt, und ihm, sowie der ganzen Besatzung wurde Tod und Ver-derben geschworen.

Eines von den wenigen Herzen in Charleston, welche in stillem Dankgebet für den glücklichen Einzug der Unionskrieger in Fort Sumter ihre Grüße nach demselben hinübersandten, war das Adelinens, und bald nachdem die Flagge über dessen Mauern erschien, waren auch ihre Augen freudestrahlend dem Blick Bayards begegnet, und mit ihrem Tuche hatte sie ihm jubelnd ihre Glückwünsche zugeweht.

Außer Adelinens freudigen Grüßen aber wurden noch andere von der Stadt aus hinüber gesandt, und zwar durch einen jungen Mann, welcher in dem Menschengewühl auf dem Werfte stand, und nach der Seeveste schaute.

Er war von mittlerer Größe, doch in schönem Ebenmaaß und kräftig gebaut, wie überhaupt sein ganzes Aeußere den Eindruck eines willensstarken, entschlossenen Jünglings machte. Sein glänzendes krauses Haar, sowie seine Brauen und Wimpern hatten eine tiefe, dunkel goldbraune Farbe, welche dem hellen Blau seiner klaren, lebendigen Augen noch mehr Reiz verlieh. Seine Gesichtszüge waren edel, und wenn er lächelte, so zeigten sich unter seinem glatt zur Seite gestrichenen Schnurrbart zwei Reihen Zähne von makelloser Schönheit.

Mit der ihn umgebenden, hin und her wogenden und tobenden Menge stand seine ruhige Erscheinung in auffallendem Widerspruch, zumal, da auf seinen gedankenvollen ernsten Zügen ein Ausdruck von Beifall lag, während man rings um ihn nur Entrüstung, Zorn und Wuth gewahrte.

Man sah es ihm an, daß es nicht allein das Uebersiedeln Major Andersons in das Fort Sumter sei, was seine Gedanken fesselte, sondern daß ein

höheres Interesse, eine Frage von viel größerer Trag-
weite, mit welcher das Uebersiedeln in Beziehung stand,
seinen Geist beschäftige; denn auf alle die vielen
lauten Beredungen und Erklärungen in seiner Nähe
über diese Begebenheit schien er gar nicht zu hören.

Er war ein Deutscher Namens Wallstein, und
sein Geburtsland war Westphalen. Sein wohlhaben-
der Vater, welcher dort eine bedeutende Landwirthschaft
besaß, hatte diesen seinen ältesten Sohn Carl Jura
studiren lassen, derselbe hatte ein ausgezeichnetes
Examen zum Eintritt in den Staatsdienst gemacht,
und war, da er zugleich seiner Militairpflicht genügt
hatte, in die preußische Landwehr eingereiht worden.

Die politischen Zustände in Deutschland aber
standen nicht mit dem Ideal einer Staatsverfassung,
welches sein hochfliegender, freier Geist ihm vorgespiegelt hatte, in Einklang, mit wachsender Bewunderung hatte er immer verlangender nach der großen
Republik Nordamerikas hinübergeschaut, und hatte
endlich die Einwilligung seines Vaters erhalten, dort-

hin seiner Sehnsucht zu folgen, und in dem Lande
der Freiheit, in dem Lande seiner Begeisterung sein
Glück zu versuchen.

Erst vor einigen Wochen war er in New-Orleans
gelandet, und hatte sich nun hierher nach Charleston
begeben, wo seine ältere Schwester an einen Kauf-
mann Weineck verheirathet war.

Hier stand er an der Quelle der Störungen,
welche die große republikanische Einigkeit Amerikas
bedrohten. Dies sein Ideal sah er vom Werfte aus
in der über Fort Sumter wehenden Unionsflagge
repräsentirt, und im Geiste war er bei der ehrenhaften
kleinen Besatzung, welche dieselbe zu schützen sich entschlossen zeigte.

Er beneidete diese Männer, denen vom Schicksal
die hohe Begünstigung zu Theil wurde, für die, nach
seiner Meinung auf dieser Erde einzige vollkommene
Verfassung zu kämpfen, zu siegen, oder zu sterben,
und wäre es ihm in diesem Augenblicke möglich gewesen, sich in ihre Reihen zu stellen, so würde er es

gethan und gern sein Leben für dieses Landes Einigkeit und Freiheit eingesetzt haben; denn er war
seinem Gefühl, seiner Ueberzeugung nach schon Bürger
der großen Republik.

Und gerade den Süden, dieses Land des ewigen
Frühlings, hatte er zu seiner neuen Heimath erwählt,
um mit seinen starken Händen selbst das reiche, er-
giebige Land zu bebauen, und als freier, unabhängiger
Mann den Segen der Constitution zu genießen.

Freilich contrastirten die wilden, zügellosen Zustände, die ihn hier umgaben, sehr mit dem hehren,
reinen Bilde der Volkssouveränität, welches ihn aus
seinem zerrissenen, zerstückelten deutschen Vaterlande
hierher gezogen hatte, doch diese Mißverständnisse
mußten ja bald in der großen einigen Freiheit ver-
schwinden, antwortete er sich selbst, und sah mit
glänzendem Blick nach der sternbedeckten Flagge der
Union über Fort Sumter.

Mit Widerwillen auf die tobenden Volkshaufen
schauend, die ihn umschwärmten, verließ er das Werft.

um sich nach seines Schwagers Wohnung zurück zu
begeben, und warf beim Einbiegen in die nächste
Straße noch einen vertrauungsvollen Abschiedsblick
nach Fort Sumter hinüber.

Auch in Artega's Hause war die Aufregung, die
Entrüstung groß, Bayard, sowie Anderson wurden
verdammt und geschmäht, und als Adeline beim
Mittagsessen erschien, warf man ihr rücksichtslos ihr
Einverständniß mit Ersterem, dem ärgsten Feind der
Republik vor.

Entweder bist Du selbst nicht werth, eine Südländerin zu sein, weil Du Deinen Einfluß über
diesen Bayard nicht zum Wohl Deines Vaterlandes
benutzt hast, oder er war Deiner Gunst unwerth und
Du hättest sie ihm entziehen müssen, sagte Olympia
heftig, in einem Augenblick, wo die schwarzen Diener
das Zimmer verlassen hatten, und suchte vergebens,
ihre Aufregung zu bemeistern.

Bayard ist ein geborener Nordländer, und als
Ehrenmann dient er treu der Fahne, zu der er ge-

schworen hat, ich bin stolz auf seine mir erwiesene Freundlichkeit, und werde ihm die meinige immer erhalten, antwortete Adeline mit aufglänzendem Blick, und über ihre Wangen flog ein feuriges Roth.

Nur darfst Du solche Rede nicht hier in Charleston laut werden lassen, liebe Adeline, fiel ihr Artega verweisend in das Wort, man möchte vergessen, daß Du eine Dame und daß Du meine Nichte bist.

Und hast Du ihn am Weihnachtstag nicht Deiner größten Freundlichkeit werth gefunden? fragte Adeline.

Weil ich getäuscht war, und einen Verräther für einen Ehrenmann hielt, antwortete Artega entrüstet.

Er hat keinen Verrath an seiner Pflicht begangen, er ist und bleibt ein Ehrenmann! versetzte Adeline erbleichend, erhob sich schnell und verließ das Zimmer.

Alle blickten ihr überrascht nach, und erst nach langer Pause sagte Olympia:

Ich bin überzeugt davon, daß sie von dem Vorhaben Andersons gewußt und es gebilligt hat.

Lasse etwas der Art Niemanden hören, es könnte
unangenehme Folgen für uns haben, bemerkte Ramière,
als die Diener wieder eintraten, und der Unterhaltung schnell eine andere Richtung gegeben wurde.

Nach beendetem Mahle ging man nach dem
Parlour, wo Artega abermals anhub:

Und wie leicht hätte der ganze Plan ver-
eitelt werden können, wenn Sie, Capitain Stauton,
mit dem Pluto bei Moultrey vor Anker gegangen
wären.

Es war ja meine Absicht, entgegnete der Officier,
der Ball hielt mich aber zurück.

Sieh, Olympia, das war Deine Schuld, fiel
Madame Ramière ein, Du warest es, die den
Capitain nicht fortlassen wollte, damit er Dich zu
Balle führe.

Und Adeline stimmte dringend in meine Bitten
ein, was sie nicht gethan haben würde, hätte sie nicht

gewußt, wie viel von des Pluto's Hierbleiben abhing, versetzte Olympia heftig.

Die Sache ist nun nicht mehr zu ändern, Capitain Bayard wird uns nicht wieder belästigen, und darum mache jetzt Adelinen keine Vorwürfe mehr, Du kannst ihre Ansichten doch nicht umwandeln, bemerkte Madame Ramière mit gebietendem Ton und Blick, worauf Olympia sich nach Stauton wandte, und sagte:

Und wann werden Sie nun dem Norden offen Ihre Farbe zeigen und die Palmettoflagge auf Ihrem Schiffe aufziehen?

Sofort, und wenn meine ganze Mannschaft, meine sämmtlichen Officiere sich dagegen auflehnen, antwortete Stauton entschlossen, ich fürchte sehr, es wird zu einem ernsten Auftritt kommen, denn schon, weil die Unionsflagge nicht auf dem Pluto weht, haben sie finster und mißbilligend die Köpfe zusammengesteckt, und dies war der Hauptgrund, weshalb ich zögerte, das Schiff bei Fort Moultrey vor Anker zu

legen. Von dort in den Ocean hinaus ist nur
Kanonenschußweite, und war der Kessel geheizt und
die Maschine in Bewegung, so hätte ich allein es
nicht verhindern können, daß man nach Washington
gesteuert wäre. Hier, nahe vor der Stadt ist
das Fahrzeug vor einer Entführung sicher.

Nach diesen Worten wollte sich Stanton
empfehlen, doch Olympia hielt ihn zurück, indem
sie sagte:

So will ich Sie begleiten, mein Onkel und
mein Vater werden auch wünschen, unsere Flagge
über dem Pluto aufsteigen zu sehen. Und wie wird
das Volk sie mit Jubel begrüßen!

Ich rechne es mir und dem Schiffe zur großen
Ehre an, wenn Sie selbst dieselbe emporziehen wollen,
Fräulein Olympia, und lade die Herren höflichst ein,
mir die Freude ihres Besuchs an Bord zu gewähren,
versetzte Stanton mit einer Verbeugung, worauf
Artega und Ramière sich bereit erklärten, mitzu-
gehen.

Der Wagen wurde befohlen, und bald darauf fuhren die drei Herren mit Olympia in die Stadt hinein.

Das Menschengewühl in den Straßen war groß, seit die Gluth der Sonnenstrahlen sich minderte, waren viele Damen auf den Promenaden erschienen, und von allen Seiten erschallten Hurrahs für die Republik Süd=Carolina und Verwünschungen gegen die Union.

Dreizehntes Capitel.

Die Palmettoflagge. Kurzes Gericht. Das Zerwürfniß.
Die Liebesbotschaft. Der Sclave.

Je näher Artega's Wagen dem Werfte kam, um so dichter wurde das Gedränge und um so größer die Aufregung, denn dorthin ging der Strom der Menge, um beim Anblick der Unionsflagge über Fort Sumter wieder dem Haß, der Wuth freien Lauf zu lassen.

An dem Werfte hielt der Wagen still, Stauton ließ Olympia beim Aussteigen seine Hand, und mit ihr zwischen sich schritten die drei Männer unter den Bäumen weiter, dem Landungsplatz zu, gegenüber welchem der Pluto vor Anker lag.

Allenthalben machte man Raum für sie und begrüßte sie, und zwar oftmals mit einem Ausruf für die neue Republik.

Wiederholt rief man Stauton auch Bemerkungen zu, wie:

Haben Sie Ihre Flagge in der Tasche, Capitain?

Wollen Sie die Palmettoflagge noch nicht zeigen, Capitain?

Welche Farben trägt der Pluto, Capitain? und auf solche Fragen antwortete Stauton immer, daß er die Palmettoflagge jetzt aufziehen werde, worauf ihm dann ein Hurrah gebracht wurde, und man ihm folgte, um Zeuge davon zu sein.

Als er mit seiner Begleitung den Landungsplatz erreichte, trat er auf die Mauer am Wasser vor, und gab der Wache auf dem Pluto ein Zeichen mit seinem Tuch, worauf sogleich ein Boot bemannt und zu ihm hinüber gesandt wurde.

Während er noch auf das Boot wartete, wandte

15*

man sich aus der um ihn sich sammelnden Menge mehrseitig an ihn, und fragte, ob er die Palmetto-flagge noch nicht aufziehen wolle, und seine Zusage, daß es sofort geschehen solle, wurde stürmisch be-willkommnet.

Unter wildem Jubel vom Werfte her glitt das Boot mit Stauton, Olympia und den beiden alten Herren über die glatte Fläche des Wassers nach dem Dampfer hinüber, und alle in der Nähe liegenden Kähne füllten sich mit Männern, und wurden dem Pluto zugerudert.

Die Officiere begrüßten Stauton mit ernstem Ausdruck, der dienstthuende Lieutenant Wallace schritt ihm entgegen, und machte die übliche Meldung, worauf der Capitain ihm auftrug, die Mannschaft unter das Gewehr treten zu lassen.

Dann führte er seine Gäste auf das obere Ver-deck, begab sich von da in seine Cajüte hinab, und kehrte mit einem Diener, welcher einen leinenen Sack trug, zurück.

Nun rief er dem Lieutenant den Befehl zu, Alles bereit machen zu lassen, um die Flagge aufzuziehen, was sofort geschah.

Die Flaggenleine senkte sich von der Höhe auf das Verdeck herab, und Capitain Stauton warf dem herzutretenden Seekadet den Sack hin, in welchem stets die Flagge aufbewahrt wurde.

Wallace ließ die Mannschaft präsentiren, die Trommel wirbelte, und statt der Unionsflagge flog unter Olympias hastiger Hand die Palmettoflagge empor.

Nur einen Augenblick starrten die Officiere und die Mannschaft nach der Rebellenfahne hinauf, dann ließ Wallace mit lautem entrüstetem Tone die Leute auseinandergehen, steckte seinen Degen ein, und rief Stauton mit verdammender, verächtlicher Stimme zu:

Wir sind treue, ehrenhafte Diener der Union und keine Verräther, und werden nicht unter dem Befehl eines solchen dienen!

Kaum war das letzte Wort über die Lippen

des Officiers getreten, als Stauton auf ihn einsprang, einen Revolver unter dem Rock hervorzog, und ihn niederschoß.

Ein zweiter Lieutenant riß seinen Degen aus der Scheide, und stürzte mit dem Ruf:

Hierher Schurke! auf den Capitain ein; doch abermals flog das Feuer aus dem Revolver, und der junge Officier sank schwer getroffen zusammen.

Starr und entsetzt auf die blutige That schauend, standen die andern Officiere und die Mannschaft unentschlossen da, als Stauton auf sie zutrat, und mit zorniger, befehlender Stimme rief:

Wer unter der Palmettoflagge nicht dienen will, kann seinen Abschied bei mir einreichen, jedes Auflehnen aber gegen meinen Befehl an Bord dieses Schiffes wird mit dem Tod bestraft!

Dann befahl er den Soldaten, das Verdeck zu verlassen und in einer Stunde sich einzeln bei ihm zu melden, um ihm ihren Entschluß mitzutheilen, ob sie weiter dienen, oder entlassen werden wollten.

Während dieser Zeit sprangen die Männer, welche in Booten das Schiff umschwärmt hatten, auf dessen Verdeck herauf, und bald war dasselbe Kopf an Kopf gefüllt.

Capitain Stauton hatte Olympia, sowie Artega und Ramière in seine Cajüte geleitet, und trat dann wieder auf das Verdeck, wo er mit zügellosen Hurrahs von den Charlestoniern empfangen wurde, und nun einen Boten nach der Stadt sandte, um von dort Militair zum Schutze des Schiffes an Bord zu holen.

Nur wenige von der Mannschaft des Pluto's, geborne Südländer, blieben auf demselben in Dienst, alle übrigen mit sämmtlichen Officieren und Beamten reichten ihren Abschied ein, und wurden noch am selbigen Abend mit der Eisenbahn nach dem Norden befördert, nachdem das Volk sie unter Schmähungen und Flüchen bis zu dem Bahnhof begleitet hatte.

Das sind ja gräuliche unerhörte Zustände, sagte Wallstein zu seinem Schwager, Herrn Weineck, mit

welchem er vom Werft aus die Begebenheit auf dem
Pluto mit angesehen hatte, warum treten die guten
Bürger nicht zusammen, um diesen Pöbel zu Gesetz
und Ordnung zurückzuführen?

Ja, ja, lieber Wallstein, die guten Bürger!
antwortete Weineck mit einem Achselzucken, die Reichen
und Vornehmen sind es ja gerade, die an der Spitze
der Bewegung stehen. Da ist jetzt keine Rettung
mehr, die Union bricht zusammen.

Das wird Gott verhüten! fiel Wallstein leidenschaftlich ein, die einzige vollkommene, ideale Verfassung
auf Erden, sie wird durch ihre eigene Makellosigkeit
den Sieg über die einzelnen Ruhestörer davon-
tragen.

Nur dann, wenn die Menschen selbst zu Idealen,
zu Engeln werden, entgegnete Weineck, aber rede nicht
so laut, wenn man einen Unionisten in Dir ver-
muthete, so wärst Du hier Deines Lebens nicht sicher.
Nimm Dich mit Aeußerungen in Acht.

Wie — schützt das Gesetz nicht die freie Rede? verfetzte Wallstein entrüstet.

Ja doch, aber im Augenblick kommt das Gesetz nicht in Betracht, der Haß gegen die Union ist grenzenlos, sagte Weineck, Du wirst sehen, wie man mit Fort Sumter umgehen wird, nicht einen Stein läßt man auf dem andern.

So leicht kann es nicht geschehen, die Festung ist stark und die Besatzung besteht aus ehrenhaften, pflichtgetreuen Männern, antwortete Wallstein begeistert, ich hätte große Lust, mich hinüber zu begeben und die Flagge der Union vertheidigen zu helfen.

Das würdest Du wahrscheinlich mit Deinem Leben bezahlen müssen, erwiederte der Banquier, ich glaube nicht, daß man einen Einzigen der ganzen Mannschaft lebendig davon kommen läßt.

Die Regierung von Washington wird diese treuen Anhänger nicht im Stiche lassen, erwiederte Wallstein, mit Weineck an den Häusern hinschreitend, als nahe vor ihnen ein wüst aussehender junger

Bursche einen Neger, der ihm auf dem Trottoir begegnete, einen Fußtritt gab, daß derselbe in die Straße stürzte.

Der Neger sprang auf und blickte den Burschen mit Entrüstung an, da schwang dieser seinen Knotenstock mit den Worten durch die Luft: Hund, willst Du Dich noch widersetzen? worauf der Sclave die Flucht ergriff und in der Straße davon rannte.

Kaum aber begann derselbe zu laufen, als sein Widersacher schrie: Haltet ihn, den Abolitionisten, und der Ruf Abolitionist schallte aus hundert Kehlen ihm nach. Der Flüchtling bog in die nächste Straße ein, um sich zu retten, doch bald hatte man ihn gefangen und niedergeworfen, und Hunderte von Männern sammelten sich um ihn. Er hat nach mir geschlagen! schrie jetzt jener wüste Bursch wieder durch die Menge, und „Auf mit ihm an die Laterne!" rief es aus dem sich rasch vergrößernden wüthenden Volkshaufen, man schleppte trotz Bitten und Flehen den Neger an den nächsten Laternenpfahl, schlang ihm einen Strick um

den Hals, und zog ihn unter Flüchen und Verwünschungen an dem Pfahl empor.

Sie hängen den unschuldigen Menschen, rief
Wallstein außer sich, als er mit Weineck in die
Straße einbog, und wollte dem Neger zu Hülfe eilen.
Weineck aber hielt ihn beim Arm zurück, indem
er sagte:

Um Gottes Willen bleibe, man würde Dich sofort neben den Neger hängen, wenn Du ein Wort
zu dessen Vertheidigung äußertest!

Dabei zog er Wallstein gewaltsam mit sich fort,
und eilte mit ihm seiner Wohnung zu.

Capitain Stauton war der Löwe des Tages, wo
er sich zeigte, wurde er stürmisch und jubelnd begrüßt,
und da Olympia Ramière die Palmettoflagge auf
dem Pluto aufgezogen hatte, und sehr häufig an
Stautons Seite auf den Promenaden erschien, so
theilte sie seinen Triumpf, und war eine gefeierte
Persönlichkeit bei dem Volke.

Artega's Haus wurde täglich mehr der Mittel-

punkt, wo die Häupter der Rebellion zusammmen-
kamen, um sich zu berathen und die Lostrennung
sämmtlicher Sclavenstaaten vom Norden herbeizuführen,
und mit Besorgniß sahen diese Führer der Entscheidung der Regierung in Washington entgegen, weil
sie fürchteten, daß diese durch Nachgiebigkeit möglicherweise die noch nicht officiell abgefallenen Staaten
bewegen könnte, in der Union zu verbleiben.

Während Olympia sich nun thatsächlich an der
Revolution betheiligte, und Abends immer in dem
Salon unter den zahlreichen Gästen ihres Onkels an
der Seite Stautons glänzte, blieb Adeline fern von
allem gesellschaftlichen und politischen Treiben, und
lebte nur ihrem Verkehr mit dem Geliebten ihres
Herzens, dessen Blicks sie von dem Dache des
Hauses harrte.

Seit der Zeit, wo sie in Vertheidigung von
Bayards Ehre die Tafel verlassen hatte, war ein
ernstes Zerwürfniß zwischen ihr und den Ihrigen
eingetreten, welches, wenn ihm auch keine Worte

wieder gegeben wurden, gerade durch dieses Schweigen
sie täglich mehr von einander entfernte.

Adeline erschien nach wie vor bei den gewöhn-
lichen Mahlzeiten, sie grüßte höflich, doch ihr Benehmen war kalt und gemessen, und ein stolzes
Bewußtsein ihrer Würde lag auf ihren sanften
Zügen.

Die feste Ueberzeugung, daß in den Ansichten,
in den Gefühlen Adelinens keine Aenderung möglich
sei, hielt die Ihrigen davon ab, Versuche dazu zu
machen, welche abermals zu störenden, unangenehmen
Auftritten führen mußten.

So ließ man die Sache auf sich beruhen, und
trat Adelinen in keiner Weise in ihrem Thun und
Handeln in den Weg.

Allein verbrachte sie die heißen Stunden des
Tages in ihrem Zimmer, allein wandelte sie in den
kühlen Schatten des Parkes und auf der Terrasse
am Flusse umher, und Abends bis spät in die Nacht

hinein saß sie an ihrem Schreibtisch, und brachte ihre Gedanken an den Geliebten zu Papier.

Früh Morgens aber, wenn die Andern noch in den Armen des Schlafes ruheten, und Abends, wenn die Sonne den Himmel vergoldete, schlich sie auf das Dach hinauf, um sich dem Glücke hinzugeben, welches ihr der Anblick des Geliebten bot, und träumte sich dann an seine Seite.

Und mit so viel Sehnsucht sie auch auf sein Zeichen, daß er zu ihr kommen wolle, hoffte, mit ebenso vielem Bangen fürchtete sie, dasselbe zu empfangen, denn, ach, sie wußte ja, daß Bayard mit seinem Kommen sein Leben auf das Spiel setze.

Darum trug sie auch stets, wenn sie auf das Dach hinaufging, ein schwarzes Tuch mit sich, um eine verneinende Antwort auf seinen Entschluß, sie zu besuchen, geben zu können.

So neigte sich das Jahr, und der Morgen des letzten Decembers graute, als Adeline ihr Lager verließ, und hinauf auf das Dach eilte.

Kaum hatte sie das Fernrohr auf die Maueröffnung in Fort Sumter gerichtet, als Bayard auch
in derselben erschien, und ihr seinen Morgengruß
brachte.

Auch Adeline winkte und winkte ihm mit dem
Batisttuch ihres Herzens Grüße zu, und hatte für
einige Augenblicke mit bloßen Augen nach dem Fort
hinüber geschaut, als sie abermals das Glas erhob,
und hindurchblickte.

Zu ihrem Schrecken, ihrem Entsetzen sah sie,
daß Bayard ihr winkte, er wolle zu ihr kommen, sie
schüttelte ihr Haupt, sie wehrte mit ihren Händen zurück, doch er winkte immer wieder, daß er kommen
werde.

Da riß Adeline schnell das schwarze Tuch hervor, ließ es über die Baluftrade flattern, und streckte
ihre Hände bittend und abwehrend nach ihm aus,
doch Bayard blieb bei seinem Zeichen, daß er kommen
werde, und hielt plötzlich ein weißes Brett vor sich,
auf welchem eine große 10 geschrieben stand.

Da war es mit der Willenskraft des liebenden Mädchens zu Ende, das schwarze Tuch verschwand in ihrem Gewande, und ihre beiden Arme breitete sie sehnsüchtig nach Bayard hin.

Ja komm, o komm, Geliebter, rief sie unwillkürlich aus, an meinem Herzen sollst Du sicher sein!

Und hin und her flogen die Zeichen des Glücks, der Hoffnung, bis Cillena zu ihrer Herrin trat, und ihr mittheilte, daß man bald zum Frühstück gehen werde.

Noch einmal wandte sich Adeline nach Fort Sumter hin, noch einmal breitete sie ihre Arme aus, und eilte dann nach ihrem Zimmer, um zeitig bei dem Frühstückstische zu erscheinen.

Ende des ersten Bandes.

www.ingramcontent.com/pod-product-compliance
Lightning Source LLC
Chambersburg PA
CBHW020103030726
47498CB00006B/1931